レーエンデの歩き方

『レーエンデ国物語』
公式ガイドブック

多崎 礼

講談社・編
KODANSHA

はじめに

革命の話をしよう。

物語はこうして始まった。

多崎礼のファンタジー小説『レーエンデ国物語』シリーズは、全五部からなる壮大な年代記だ。外界から隔絶《かくぜつ》された、お伽噺《とぎばなし》のように美しい土地〝レーエンデ〟を舞台に、その地に生きる人々が経験する圧政、闘争、そして輝かしい革命の朝を迎えるまでの壮絶な戦いを描いた大長編である。

約四百年にわたる物語。数奇な運命に導かれ戦いに身を投じる主人公たちの熱いドラマに、ページを繰《く》る手を止められず朝を迎えた読者も多いことだろう。

奇想に満ちたファンタジー世界と、リアルで骨太な革命史の融合は、これまでも、そしてこれからも多くの人々を魅了するだろう。いよいよ物語は第四部「夜明け前」に到達し、残るはラスト第五部のみ。

ここで『レーエンデ国物語』の第一部から第四部に至る雄大な作品世界、登場人物たちの苦闘の足跡を振り返ってみよう。今一度噛みしめたい多彩なキャラクターの群像劇、思い出しておきたい仕掛けやセリフ、汲《く》めども尽きない細密な世界の設定など、その奥深さと味わい深さをこの一冊に凝縮した。はじめて「レーエンデ国」を訪れる読者にも、旅のお供として携えてもらえると幸いだ。

その「地図」を、あなたは今こうして手に取った。

さあ、大アーレス山脈を越え、レーエンデに出かけよう。

革命の英雄たちと、朝日が昇るのを見届けるために。


本書の内容は「レーエンデ国物語」の第一部から第四部に記述された出来事、解説を元にまとめられています。そのなかには物語の結末に触れる内容を含んでいますので、第一部から第四部までを読まれたうえで楽しまれることを、強くおすすめします。

Contents

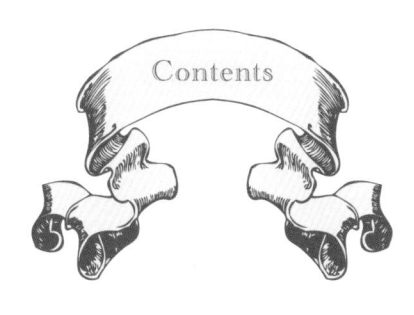

Creation

Regional Geography

The Other Side of "Thr Chronicles of Leende"

Chapter I

Chronicles

第一章 ✶ 年代記

立ち昇っては消えていく
約百年ごとの時代の狼煙《のろし》。
その下には確かに火種《ひだね》があった。
苦悩、情熱、抵抗、そして愛。
さまざまに形を変えながら
その火は燃え尽きることなく
次の百年へと受け継がれていく。

第一章の内容は、物語の展開や結末に触れている部分があります。
本章をお楽しみいただく前に、「レーエンデ国物語」の第一部から
第四部まで通してお読みいただくことをおすすめいたします。

レーエンデ国物語

The Chronicles of Leende

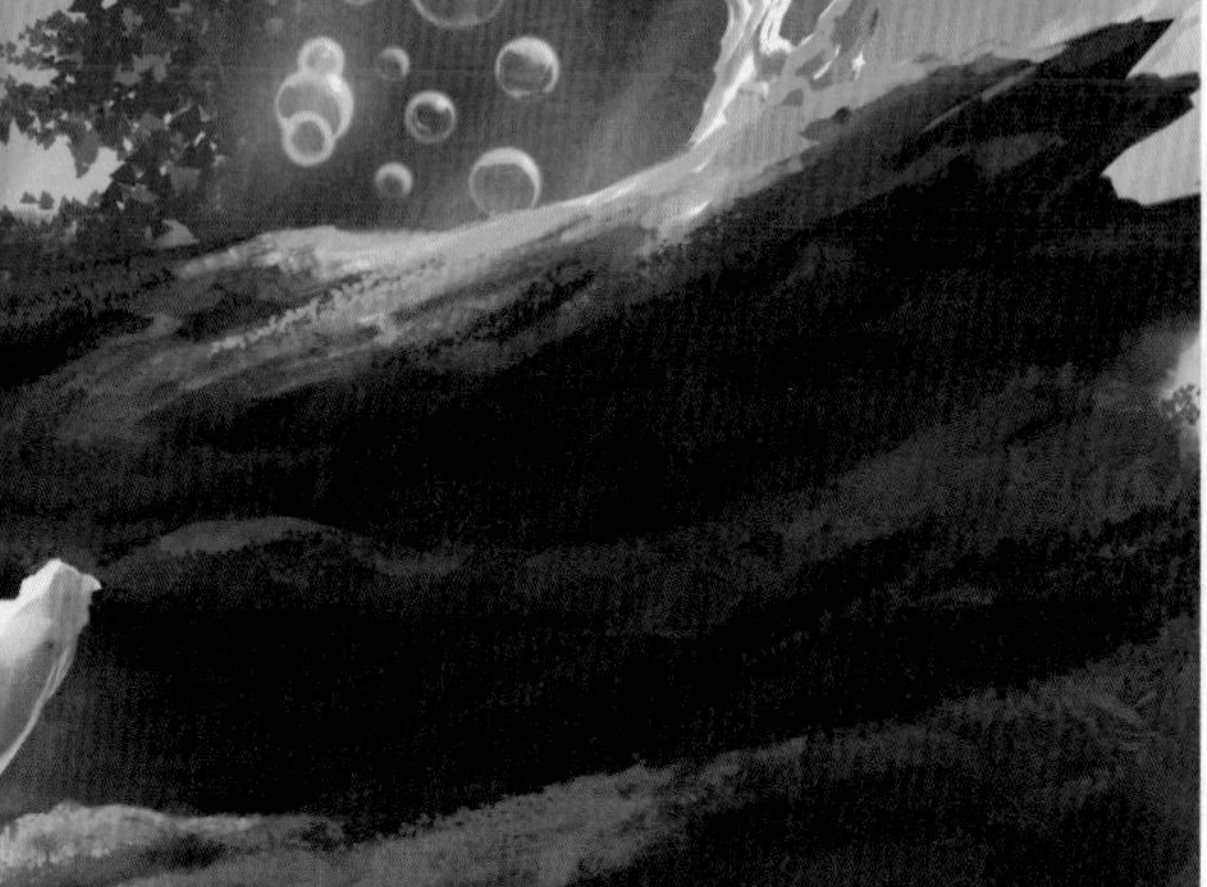

レーエンデ国物語

2023年6月14日 第1刷発行
定価2,145円(本体1,950円)
四六変形 496 ページ
ISBN 978-4-06-531946-8

装画：よー清水

レーエンデが抱《かか》えた宿痾《しゅくあ》と宿命。
そこに生きた者達の受難と苦闘。
法皇庁が隠蔽《いんぺい》し続けてきた真実をここに記そう。

ストーリー

ユリアは俺の良心、
俺の希望、
俺に残された
光のすべてだ。

レーエンデは
神に見放された
土地です。

ずっとここにいていいの？
このレーエンデで生きる道を見つけて、
レーエンデの民になってもいいの？

これからは
ユリア・シュライヴァじゃなくて、
ユリア・ドゥ・エルウィンって
名乗るわ

迎えに行くよ、聖女様！　きっと迎えに行くからね！

母に似ているというのは、
私にとって最高の
褒め言葉です

人間は誰でも
役目を背負って
生まれてくる。
どんな人間にも生涯かけて
成すべき仕事がある。
自分には何もない、
何もなかったって言う者は、
まだそれを見つけていないか、
見つけたのに
目を逸《そ》らしているか、
そのどちらかなのさ

悪魔だ。
俺の頭の中には
悪魔がいる

命を惜《お》しむつもりはありません。
でも無駄にするつもりもありません

聖なる秘境に災厄《さいやく》が降りかかる

聖イジョルニ暦五三七年。ユリア・シュライヴァは、憧れの地レーエンデに初めて足を踏み入れる。そこは険しい山に囲まれ、この世ならざるものが棲《す》むと恐れられる、人呼んで「呪われた土地」。しかし、ユリアは幼いころから、父ヘクトル・シュライヴァから〝お伽《とぎ》噺《ばなし》の国〟のように美しいレーエンデの情景を聞かされてきた。

無敵の騎士団長として大陸中に勇名を馳《は》せたヘクトルは、シュライヴァ州首長をつとめる実兄ヴィクトルの命で、レーエンデとシュライヴァ州を結ぶ交易路の建設を任される。ユリアは、その調査旅行に同行することを父に懇願《こんがん》し、ついに念願を叶えたのだった。

シュライヴァ父娘は、古代樹の森に住むウル族の集落に身を寄せ、トリスタン・ドゥ・エルウィンという若者の家に滞在する。ユリアはトリスタンに初めて会った団長は前だけを見て進んでください。
貴方《あなた》の背中は、この僕が守ります

騙《だま》されちゃ駄目！
そいつは
悪魔の子を宿した
化け物よ！

遊びで手を出したら殺す。
生半可《なまはんか》な気持ちで言い寄っても殺す。
だが心からユリアを愛してくれるなら遠慮はいらない。
命懸けで口説き落とせ。それだけの価値はある

それなら前にも教えたでしょう？
『ありがとう』って言えばいいのよ

私は逝《い》くのではない。
還るのだ

ノイエ族は
俺達が知らない何かを
摑んでいる。
それが何なのか、
俺達は知る必要がある

あの子の名前を奪われてしまった。

あんた達、どっから見ても相思相愛だ

彼女が雨、だったんだ

振り返るな。立ち止まるな。
前だけを見て走り抜け。
生きていれば
奪還の機会は必ず来る

ときから心惹かれ、不器用な会話を交わして人間性に触れていく。

一方、一年前まで傭兵団の一員だったトリスタンは、敬愛するヘクトルとの思わぬ再会に複雑な思いを抱えていた。しかし、思うところあって戦線から退《しりぞ》いたヘクトルの実直な人柄に触れ、改めて理解と信望を深めていくのだった。

古代樹の森で、ときめきと戸惑いを覚えながら、新鮮な毎日を過ごすユリア。ヘクトルたちが調査に赴《おもむ》く間、ユリアは父の親友イスマル・ドゥ・マルティンの家族と親交を深め、次女リリスとも親友になる。交易路建設計画も進み、ウル族と同じくレーエンデに暮らすティコ族の協力も取り付け、大工事が始まるのだが――。

運命は急転する。帝国に反旗を翻《ひるがえ》す決断を迫られるヘクトル、満身創痍《まんしんそうい》の戦いに身を投じるトリスタン。そして〝天満月の乙女〟として生まれたユリアは、自らが愛したレーエンデの土地に大いなる災厄をもたらすことになる。

第一章「年代記」／第一部「レーエンデ国物語」
イメージボード
竜の首

馬を止め、ヘクトルが滝の上方を指さした。
右側の崖の上に黒い櫓《やぐら》が立っている。
格子《こうし》状に組み上げられた木製の構造物だ。梯子《はしご》が斜め上に伸び、
その突端には大きな滑車《かっしゃ》が取りつけられている。
夕闇に浮かぶ黒い骨組みは、
長い年月を経《へ》て石化した黒い竜骨のようにも見える。
――P.149 第四章 竜の首 より

画：禅之助

◆第一章「年代記」／第一部「レーエンデ国物語」

大陸年表

前史と、ユリア・シュライヴァの一生を軸に

治世	年	月日	事柄
アツァリ一世	三二一年		法皇アツァリ一世、「クラリエ教の聖典に反する」として天文学や錬金術などの学問を禁じる。
	一		弾圧を逃れ知識者層がレーエンデに逃亡。これがきっかけとなりレーニエ戦役が起きる。
	一		ウル族・ティコ族連合軍が帝国軍を退ける。帝国の逃亡者永久追放令によりレーニエ戦役終結。
マーカス二世	五一五年		トリスタン・ドゥ・エルウィン生まれる。母は彼が七歳のとき軍務に復帰し、帰還せず。
	五二二年	二月十日	ユリア・シュライヴァ生まれる。その三日後、母レオノーラ・レイム死す。
	五二七年	十一月	国境警備よりシュライヴァ騎士団帰還。レーエンデに足を延ばしたヘクトル・シュライヴァは戻らず。
	五二八年	三月	ユリア六歳。帰還したヘクトル・シュライヴァからレーエンデの話を聞き、憧れを抱く。
アルゴ三世	五三三年	一月	アルゴ三世、法皇の座に就く。
	五三三年	七月	トリスタン十八歳。古代樹の森を出て、レーエンデ傭兵団に入団する。グァイ族殲滅《せんめつ》を目指し、東方砂漠への大遠征を断行する。
	五三三年		ヤウム城砦《じょうさい》の戦い。シュライヴァ騎士団の活躍により、トリスタンの部隊は危機を脱する。
	五三六年	秋	クラン村の悲劇。これをきっかけにヘクトルは騎士団から身を退こうとするが、兄が却下。
	五三六年	晩秋	トリスタン二十一歳。銀呪病を発症し、レーエンデ傭兵団を除隊処分になる。
	五三七年	初夏	ユリア十五歳。父と共にレーエンデへ。トリスタンと出会いエルウィンでの生活が始まる。
	五三七年	十月	ヘクトルとトリスタン、竜の首を見つける。
	五三七年	秋	ユリアとリリス・ドゥ・マルティン、銀呪病患者の療養所「森の家」に通い始める。
	五三七年	十一月	ヘクトルとトリスタン、エルウィンに戻る。翌年三月、ヘクトルのみシュライヴァ州へ帰郷。
	五三八年	六月	ユリア、夏至祭にてトリスタンが銀呪病であることを知る。
	五三八年	九月	ヘクトルがレーエンデに戻る。翌朝、交易路建設に向け、トリスタンと共に折衝《せっしょう》の旅へ。
	五三八年	十三月	ノイエ族による竜の首の測量が完了。

レーエンデとシュライヴァ州を結ぶ交易路建設計画。それが自由への長き戦いの幕開けとなった。

トリスタンとヘクトルの出会い

ヤウム城砦の戦い

東方砂漠の古代都市ヤウムで、城砦の死守を命じられたレーエンデ傭兵団と、グァイ族が繰り広げた攻防戦。帝国軍の援軍、補給が途絶えて城砦は陥落寸前だった。しかし、レーエンデ傭兵団は、わずか三十騎のシュライヴァ騎士団による獅子奮迅《ししふんじん》の戦いで危機を脱す。同時に弓兵トリスタンが騎士団長ヘクトルの命を救う。

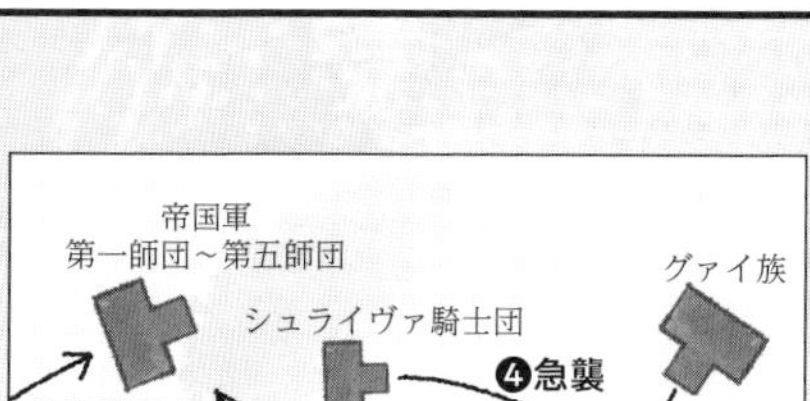

■ ヤウム城砦の戦いの展開

五三九年	四月	交易路の建設開始。同年の秋、竜の首のトンネル掘削工事に着手。予定工期は三年。
五四一年	二月	ユリア十九歳。トリスタンの銀呪病の病状悪化の知らせを聞き、竜の首へ。
五四一年	七月十五日	エルウィンが襲撃される。古代樹の森でユリアが受胎《じゅたい》。
五四一年	十一月	マルティンでユリアの受胎がバレる。トリスタン、ハグレ者の傷を刻まれる。
五四一年	十二月	ユリア、ノイエレニエでノイエ族の議長エキュリー・サージェスの保護下に入る。
五四二年	三月十七日	竜の首のトンネル掘削工事が完了する。
五四二年	四月二日	ユリア、竜の首がヴァラスの一味に襲われる予知夢を見る。
五四二年	四月八日	予知夢が現実に。トリスタンの窮地《きゅうち》をヘクトルが救い、竜の首を水没させる。
五四二年	四月十四日	奇跡の日。ユリア、神の御子を産む。幻の海が現れる。
五四二年	四月十四日	帝国軍が銀呪化したレーニエ湖を渡り、ノイエレニエを占拠。神の御子を手中に収める。
五四二年		奇跡の日を境に、幻の海はレーニエ湖にのみ現れるようになる。銀呪病が過去のものになる。
五四二年	四月十九日	ユリア、ヘクトル、トリスタン、古代樹の森の西端まで逃げる。
五四二年	四月二十日	ユリア、ヘクトル、トリスタン、森の家で束の間の休息をとる。
五四二年	四月二十一日	トリスタン、ユリアとヘクトルを見送り、見返り峠にて死す。
五四二年	春	アルゴ三世がノイエレニエを聖イジョルニ帝国の新聖都と定める。
—		ヘクトル、シュライヴァ州の首長となる。
—		シュライヴァ騎士団がマルモア州に侵攻。ベロア・マルモアの自死により一切の責を不問に付す。
五四七年		ユリア二十五歳。ベロア・マルモアの嫡子《ちゃくし》ゼロア・マルモアと結婚する。
—		ヘクトル、有志を率いレーエンデ解放に向かうが(北方七州の乱)、視力を失い果たせず。
五五二年		ヘクトル五十歳、家督《かとく》を譲る。ユリア三十歳、シュライヴァ州の首長となる。
五五三年		ヘクトル五十一歳。病にて死す。
? —		ユリア、二十余年をかけ北方七州と交渉を重ねる。
五七五年		北イジョルニ合州国が独立宣言。「百年戦争」と呼ばれる聖イジョルニ帝国との戦争が始まる。
五八二年		ユリア六十歳。家督を嫡男《ちゃくなん》に譲り、レイム州へと移り住む。
—		ユリア、グァイ族の定住政策を図る。
—		ユリア、回顧録『花と雨』を記す。
六〇四年	八月十八日	ユリア八十二歳。四人の子供と多くの孫に囲まれて死す。

騎士団長引退のきっかけ

クラン村の悲劇

シュライヴァ州の国境近くにあるクラン村が盗賊団に占拠され、多数の死者・行方不明者を出した事件。ちょうど哨戒《しょうかい》中のシュライヴァ騎士団が現場を通りかかったものの、子供を人質にとられた村人たちは何事もないふりを強要され、無言の合図を送るしかなかった。騎士団一行はそれに気づかず通過してしまい、結果的に女子供はさらわれ、男は皆殺しにされた。著しい視力の低下による失態を悔やんだ騎士団長ヘクトルは、これを機に引退を決意する。

叶わなかった夢のかけ橋

交易路の建設開始

シュライヴァ州とレーエンデを結ぶ交易路の建設にあたり、最大の問題は大アーレス山脈をどう越えるかであった。ヘクトルは、ウル族の協力を得て行われた調査の末、「竜の首」にトンネルを掘り、解決しようとする。測量はノイエ族、掘削工事はティコ族、四年をかけての大事業。さらに交易路のせいでレーエンデが戦渦に巻き込まれないように、竜の首を攻めにくく守りやすい難攻不落の砦にする設計と、敵の手に渡らぬよう水没させる仕掛けが施された。

第一章「年代記」／第一部「レーエンデ国物語」

人物の移動

交易路建設のために奔走する人々

第一章
呪われた土地

ヘクトル・ユリア父娘はシュライヴァ州から大アーレス山脈を越え、見返り峠を抜けてレーエンデへ。古代樹の森に入り、ウル族が暮らすマルティンの集落へ、ヘクトルの旧友イスマルを訪ねる。

第二章
英雄と弓兵

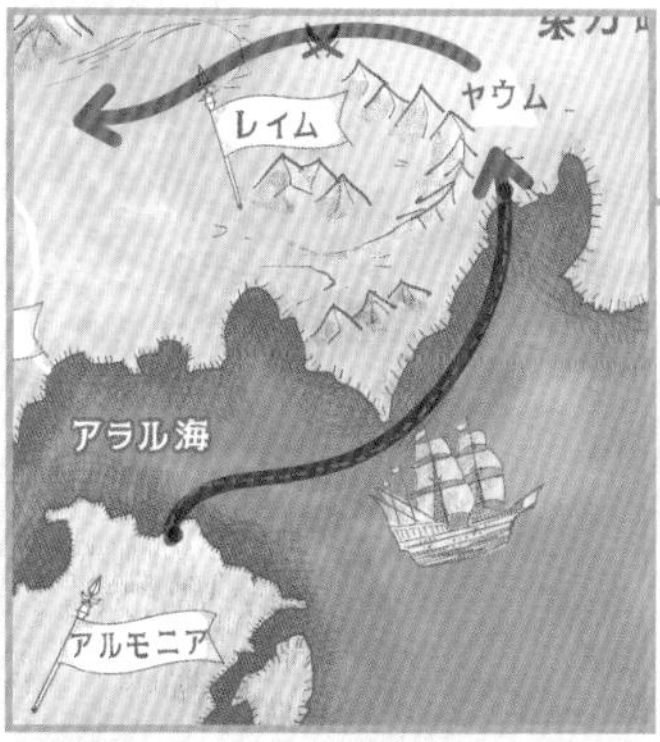

レーエンデ傭兵団はアラル海を渡り、東ディコンヤ大陸へ。東方砂漠の古代都市ヤウムの城砦でグァイ族の猛攻を受ける。トリスタンは九死に一生を得るが、その三年後、除隊処分となりレーエンデに帰郷する。

第三章
幻の海

古代樹エルウィンで、ユリアたちとトリスタンの共同生活が始まる。秋、ヘクトルとトリスタンは交易路建設の調査のため、西へ旅立つ。ユリアはエルウィンで留守を預かることに。

第四章
竜の首

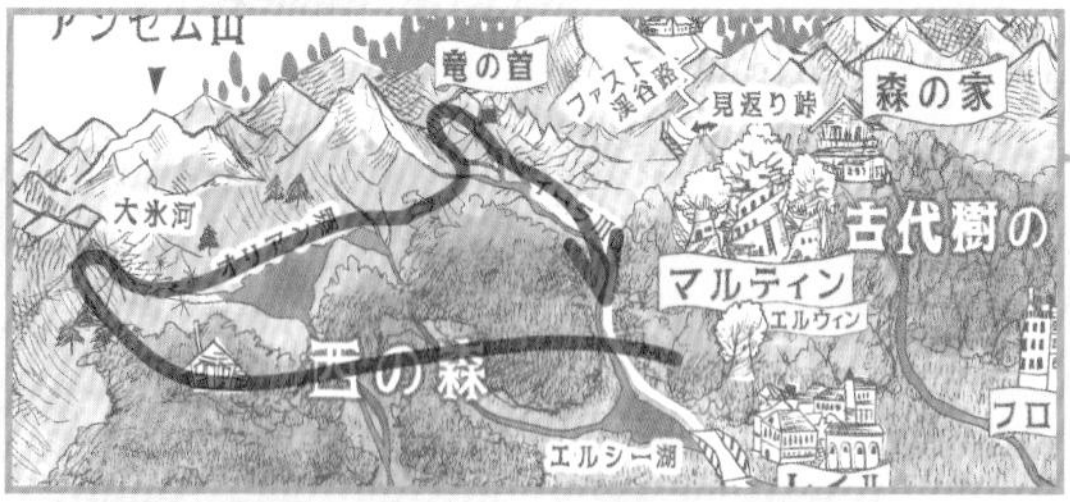

ヘクトルたちはレーエンデ西端から調査を開始。密輸団から「竜の首」の情報を聞き、イーラ川支流を何本も遡《さかのぼ》って調べた末、滝に設置された昇降機を発見。その後エルウィンへ一時帰還。

ユリアは古代樹の森に留まり、美しい記憶を紡ぐ。
一方、ヘクトルは西から東へ周縁部を旅し、最後はレーエンデを南北縦断して脱出する。

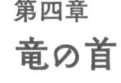

第六章
ティコ族とノイエ族

ヘクトルたちは再びエルウィンを出て、ティコ族のレイル村、オンブロ村、ロッソ村、ノイエ族の街ノイエレニエなどを回る。大工事に必要なティコ族やノイエ族の協力を各地で取り付けたのち、再び「竜の首」へと向かう。

第五章
夏至祭

ユリアはマルティンとエルウィンを行き来し、古代樹の森での生活に馴染んでいく。さらには大アーレス山脈の裾野にある療養所「森の家」を訪ね、リリスと親友になり、村の夏至祭にも参加する。

第八章
花と雨

「竜の首」で捕らえられたトリスタンを助け出したヘクトルは、六日かけてノイエレニエに到着。孤島城に突撃し、ユリアを救出する。帝国軍に追われながら「森の家」に一時戻り、大アーレス山脈越えを試みる。

第七章
天満月の乙女

トリスタンが倒れたと聞いて、ユリアは急ぎ「森の家」から「竜の首」へ。二人はエルウィンへと戻り、一緒に暮らし始める。ユリアは神の御子を身籠《みごも》り、ノイエレニエに身を寄せるが、幽閉《ゆうへい》されてしまう。

レーエンデ地方

地図：芦刈 将

第一章「年代記」／第一部「レーエンデ国物語」
人物相関図

マルモア州

ベロア・マルモア
マルモア州の首長。ユリアを後添えに迎えようとしたことが、彼女のレーエンデ行きの決意を固くさせる結果になる。策謀家。

ゼロア・マルモア
ヴィクトルがユリアと結婚させたがっていたマルモア州の首長一族の嫡子。ユリアによれば「笑顔が優しそうな方」で、印象は悪くない。

（ベロア・マルモア ― 親子 ― ゼロア・マルモア）
（ベロア・マルモア → 暗躍 → ヴィクトル・シュライヴァ）
（ベロア・マルモア → 教唆 → ヴァラス・シュライヴァ）

シュライヴァ州

ヴィクトル・シュライヴァ
シュライヴァ州の首長。シュライヴァ騎士団の増強に努め、法皇庁の要請に応じて金と権力を得る。交易路建設を足掛かりに皇帝の座を狙う野心家。

ヴァラス・シュライヴァ
ヴィクトルの一人息子だが、為《い》政者《せいしゃ》としての義務や重責を理解せず、武功も立てられずにいる。高圧的な性格、物言いでユリアから嫌われている。

（ヴィクトル・シュライヴァ ― 親子 ― ヴァラス・シュライヴァ）
（ヴィクトル・シュライヴァ ― 兄弟 ― ヘクトル・シュライヴァ）

ヘクトル・シュライヴァ
（P70参照）

ユリア・シュライヴァ
（P66参照）

レオノーラ・レイム
レイム州の首長の娘。天満月生まれで、彼女の母もまた天満月生まれだったと伝わる。ヘクトルを深く愛したが、ユリアを産んで三日後に死す。

（ヘクトル・シュライヴァ ― 夫婦 ― レオノーラ・レイム）
（ヘクトル・シュライヴァ／レオノーラ・レイム ― 親子 ― ユリア・シュライヴァ）

フープ
忠実な使用人。レーエンデの地を恐れ、シュライヴァ親子のレーエンデ行きの途中で引き返す。

バッカラ
医師。「竜の首」工事現場で往診を行う。銀呪病で体調を崩したり、ハグレ者となり傷を負ったりしたトリスタンを診察する。

（ヘクトル・シュライヴァ ― 信頼 ― ヘクトルの理解者）

ヘクトルの理解者

ロマーノ・ダール
元帝国軍第六師団レーエンデ部隊隊長で、トリスタンのかつての上官。退役後はダール村の村長となり「竜の首」の工事責任者も務める。

ファーロ・フランコ
元第五師団レーエンデ部隊中隊長。シャイア城壁建設の現場監督。義侠心《ぎきょうしん》に厚く、ヘクトルらの城内侵入に手を貸す。妻はカチュア。

クアボ・エステラ
レーエンデ傭兵団十七代団長。右頬に傷があり、目つきが鋭い。ヘクトルの交易路建設を理解し、傭兵団の総意として協力を約束する。

クラヴィウス
ヘクトル率いるシュライヴァ騎士団の副団長。ヘクトルがレーエンデで交易路建設に関わっている間、団長代理を務める。堅物《かたぶつ》で有名。

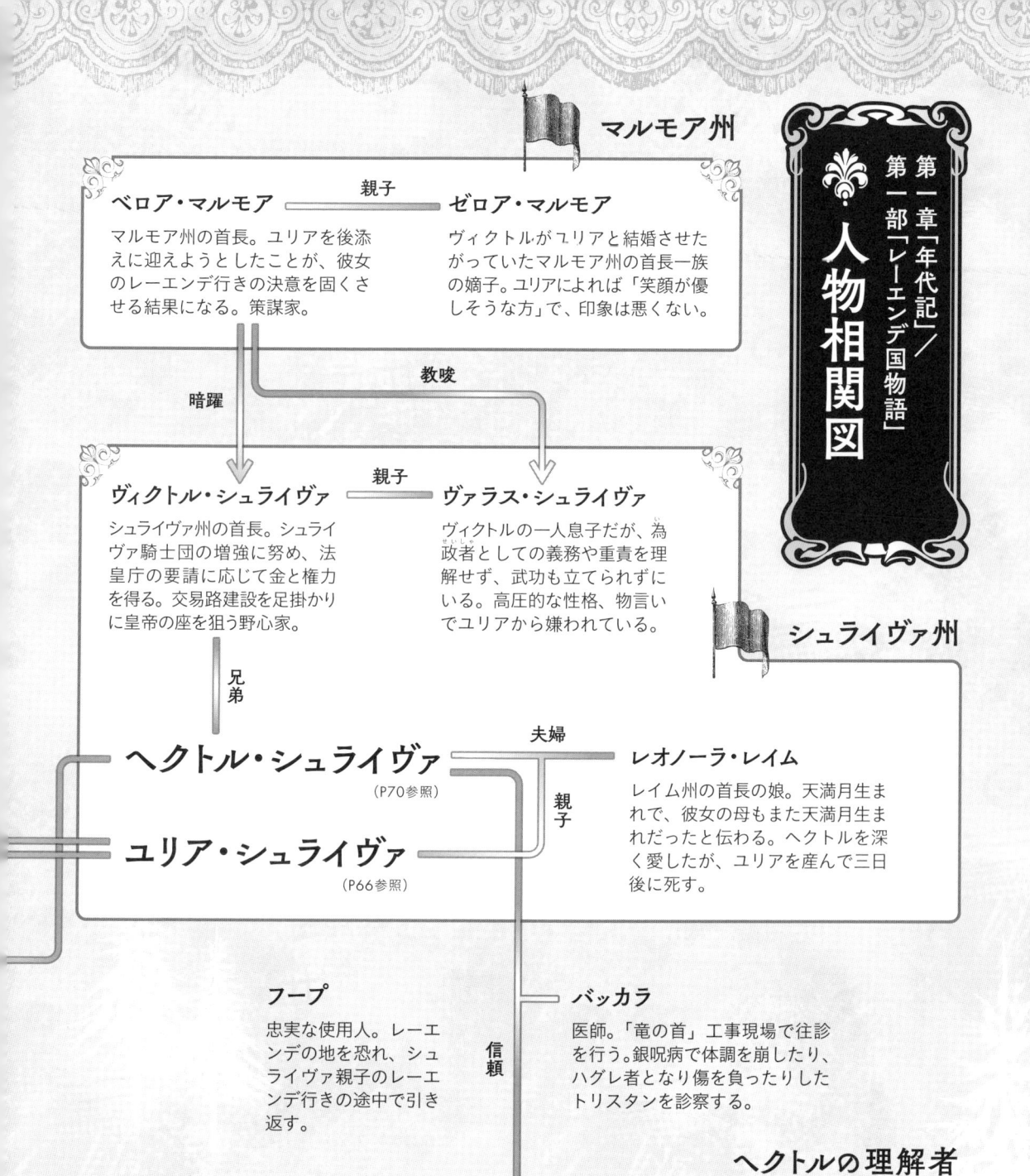

商隊

ガフ／
ガエルフ・ドゥ・メイナス
商隊の副隊長を自称しているが、本当はウル族のハグレ者。レーエンデの森を熟知し、ユリアに近づこうとする。

リシャール・シーヴァ
ノイエ族の風運人で、商隊の隊長。丸顔で人懐こい性格の青年。

ナルガ 商隊の荷物持ち兼用心棒。大剣を使う。

リオ ナルガと連携を取り、ヘクトルを襲う。

ソール ティコ族の青年。三人のうちでは下っ端。

ノイエレニエ

エキュリー・サージェス
ノイエ族議長で神歴史学者。交易路建設に協力する一方で、ヘクトルの皇帝推《すい》戴《たい》を約束させるなど、さまざまな策をめぐらす。

ダリア
十二歳の頃からサージェスの使用人として働くティコ族の娘。ユリアの身の回りの世話をしながら、その様子をサージェスに伝える。

ヘレナ
銀呪病患者の療養所「森の家」の所長で医師。かつては『鬼殺し』と畏《い》怖《ふ》される凄腕の傭兵だった。ユリアを後継者にと考えている。

信頼

イデア
トリスタンの母。時化《しけ》の夜に我が子を家から閉め出す。レーエンデ部隊の弓兵で、幼い子を残して東方砂漠に派遣され帰らなかった。

親子

トリスタン・ドゥ・エルウィン
（P68参照）

信頼

恋愛

マルティンの人々

ホルト・ドゥ・マルティン
トリスタンの従兄弟。背は低く無愛想だが、性格は優しく、面倒見が良い。間違ったことに屈しない芯の強さを持っている。

サヴォア・ドゥ・マルティン
金色の髪と白い肌、端整な顔立ちの美青年。リリスから好意を寄せられているが、ユリアに興味を持っている。無礼が目立つ。

イスマル・ドゥ・マルティン
シュライヴァ騎士団の窮地を救うが、重傷を負い右脚を切断。引退する彼をヘクトルがレーエンデへ送り届ける。強い信頼で結ばれている。

信頼

親子

ギジェ・ドゥ・マルティン
ヤルカ出身で、十八歳のときマルティンの夏至祭でプリムラと結ばれる。現在は傭兵団に入り、六月になると帰ってくる。子煩悩《こぼんのう》。

夫婦

プリムラ・ドゥ・マルティン
イスマルの長女。天使のような美しさと、芯の強さを兼ね備える。心優しく家族思いだが、ウル族特有の保守的な一面も持ち合わせる。

リリス・ドゥ・マルティン
（P71参照）

親子

ペル・ドゥ・マルティン
アリー・ドゥ・マルティン
双子で顔立ちは瓜二つ。ペルは好奇心旺盛で、アリーは人見知りと性格は異なるが、一度仲良くなると、二人ともとても人懐こい。

レーエンデ国物語

The Chronicles of Leende

The Moon and the Sun

月と太陽

レーエンデ国物語
月と太陽

2023年8月9日第1刷発行
定価2,530円（本体2,300円）
四六変形 608ページ
ISBN 978-4-06-532680-0

装画：よー清水

かくして時は流れた。
自由だったレーエンデを知る者達は年老いて死んでいった。
自由だったレーエンデを知らない者達が生まれ育っていった。

ストーリー

あたしが子供達に読み書きを教えるのは、知識が人を作り、見識が世界を変えるって信じているから。教育の力はどんな武器よりも強いって信じているからなの

大好物のミンスパイに
懸けて誓うよ。
あたし達、
誰一人欠けることなく
絶対に戻ってくる！

中隊長、
クジ運
悪すぎです

ルーチェに触るな！ 蹴るな！
蹴るな！ 触るなああああッ！

涙が出るうちは
大丈夫だ。
遠慮はいらん。
思いっきり泣け

お前が
ヤギ娘？

ミンスパイは二度と
食べられません

テッサ、迷い続けろ。
疑い続けろ。これは
正しいことなのか、
何のために戦っているのか、
自分の頭で考え続けろ

ひとつ、
兵士に永遠などない。
お前も俺も
いつかは死ぬ。
ふたつ、
お前の死に場所は
俺の隣じゃない。
お前が戦うべき場所は
レーエンデにある

それで？
賞金首が何の用だ？

今のエドアルド様は怪物だ。
身の毛がよだつほど美しい化け物だ

彼女は槍斧《そうふ》を手に革命の夢を見た

聖イジョルニ暦六六四年。レーエンデ東部フィゲロア湖畔に佇む屋敷が炎に包まれる。司祭長ヴァレッティ夫妻は殺され、ただひとり、幼い第二子ルチアーノだけが何者かの手回しで生き延びた。古代樹の森に逃げ込んだルチアーノは、ティコ族の少女テッサにかくまわれ、自らの名をルーチェと偽り、ダール村で第二の人生を歩み始める。

時は流れ、ルーチェがすっかり村の生活に馴染んだころ、ダール村は人頭税を払えず、兵役の追加招集に応じるしかない状況になる。そこでテッサは、親友のキリル、イザークとともに民兵として帝国軍に参加することを決意。ルーチェは、テッサとの突然の別れに衝撃を受けるが、「十八歳になったら結婚してほしい」と告白し、戦地に向かう三人を見送るのだった。

戦場での日々は、若者たちの心を容赦なく叩きのめし、一人前の戦士

たったひとつの大事な命、
慌てて落っことすんじゃ
ないよ！

一年間だけ待ってやる。アルトベリ城を落としてこい

本当に名案か、勘違いの愚策《ぐさく》か、
このペネロペ姉さんが、きっちり吟味してやるよ

神の御業《みわざ》に抜かりはない。お前達はすでに必要なものを
持っている。何もないと思うのは、お前達がうつけだからだ

あ、あぶなかった。
あたし、今、魂が抜けかけてた

あたし、今でも
中隊長が大好きです

ああ、わかってる

何が『レーエンデに自由を』だ！
自由を求めた結果がこれだというのなら、
そんなもの、儂《わし》はほしくない！

私の地獄はもうすぐ終わるが、
お前の地獄はこれから始まる

見せてあげるよ、
あんたにも。
あんたが手放して
しまった『希望』
ってやつをさ！

正直に言えよ。
夢は潰《つい》えた。もう
おしまいだってな

あれは革命の申し子だ。
走り出したら
誰にも止められない。
たぶん彼女自身にも

早すぎたんだよ、命懸けの戦いを始めるには。
レーエンデには闇が、危機感が、
絶望が足りなかったんだ

へと鍛え上げていく。テッサは、配属先の中隊長ギヨム・シモンに淡い憧れを抱きつつ、いつしか「槍斧の蛮姫《ばんき》」と恐れられるほどに成長する。しかし、戦地を転々とするうち、彼女は帝国軍のために戦うことに疑問を抱き始めるのだった。

一方、ルーチェは計算能力を認められ、炭鉱の出納係《すいとう》を任されるようになる。あるとき、理不尽な税徴収を帝国に訴えたことが司祭長の逆鱗《げきりん》に触れ、ダール村は神騎隊の襲撃を受ける。住民は虐殺、テッサの姉アレーテも凄惨な最期を遂げた。意外な人物の指図で、またしても命を救われたルーチェだったが、激しい自責《じせき》の念と復讐心に燃える。

村での惨劇を知ったテッサたちは重罪覚悟で脱走、変わり果てた故郷へと帰る。そして、テッサは再び決心する。聖イジョルニ帝国を打倒し、レーエンデに自由を取り戻そう。再会したテッサとルーチェは手を取り合い、戦いに身を投じていく。かくして〝英雄〟と〝残虐王〟の物語は幕を開ける——。

第一章「年代記」／第二部「レーエンデ国物語 月と太陽」
イメージボード
アルトベリ城
レーエンデと外地ロベルノ州との境に
位置するアルトベリ城は
要害の地に立つ堅牢強固《けんろうきょうこ》な城砦だ。
針一本さえも見逃すことのない冷酷無比な関所であり、
レーエンデの民はそこから先に行くことが出来ない。
関所破りを試みて、命を落とした者は数知れない。
支配と恐怖の象徴、それがアルトベリ城だ。
――P.57 第一章 ルーチェ より

画：禅之助

大陸年表

テッサ・ダールの一生と、レーエンデの反乱

治世	年	月日	事柄
?	六四九年	八月	テッサ・ダール生まれる。父ウーゴは、テッサが生まれる前に軍務志願し、そのまま死す。
	六五六年	十月八日	東教区司祭長マウリシオ・ヴァレッティの第二子ルチアーノ・ダンブロシオ・ヴァレッティ生まれる。
ユーリ五世	六六一年		エドアルド・ダンブロシオ・ヴァレッティ十五歳。ノイエレニエの神学校に入学する。
	六六四年	七月十五日	ルチアーノ七歳。屋敷が焼け落ち、ダール村へ落ちのびる。以後、ルーチェと名乗る。
	六六八年	十二月一日	兵役の追加召集にテッサ、キリル、イザークが志願し、ダール村の集会にて承認される。
	六六九年	六月一日	東教区最大の都市フローディアにて民兵召集。テッサら民兵たちは、ボネッティを目指し旅立つ。
	六六九年	六月十日	テッサら民兵、西教区最大の都市ボネッティに到着。軍事訓練を受ける。
	六六九年	六月二十日	テッサ、キリル、イザークは軍事訓練を切り上げ、外地のファガン平原へ向かう。
	六六九年	七月十七日	テッサ十九歳、キリル二十一歳、イザーク二十二歳。ファガン平原にて第九中隊に合流する。
	六六九年	八月七日	ファガン平原の戦い。テッサら、初めての戦闘を経験する。
	六七〇年	八月	第九中隊、バルナバス砦攻略の指令を受ける。
	六七〇年		第九中隊、バルナバス砦奇襲作戦成功。しかし帝国軍の援軍が遅れ、五日後に砦を放棄する。
	六七〇年	九月	第九中隊中隊長ギヨム・シモン、バルナバス砦での敵前逃亡罪で八ヵ月の禁固刑を科される。
	六七二年	七月	東教区司祭長グラウコ・コシモ、人頭税の税制変更を通達。ダール村村長テルセロ、交渉へ。
	六七二年	七月六日	東教区の神騎隊がダール村を強襲し、村人を虐殺。テッサの姉アレーテ・ダール死す。
	六七二年	八月一日	グラソン州、マルモア州、フェルゼ州の長期遠征の後、第九中隊がロベルノ州へと戻る。
	六七二年	八月	テッサ、キリル、イザークが第九中隊から脱走。イシドロの手引きでダール村へ向かう。
	六七二年		東教区司祭長グラウコ・コシモ、キリルに刺殺される。
	六七二年		レーエンデ解放軍に協力を求めるためテッサらは西の森へ入るが、エルウィンの住人に囚《とら》われる。

決して消えない軌跡を歴史に刻んだ、レーエンデ義勇軍の反乱。その道程は激しくも儚い。

テッサ・ダール最初の戦功

ファガン平原の戦い

ファガン平原にて駐屯《ちゅうとん》中《ちゅう》の帝国軍第二師団と、そこに進攻してきた合州軍が激突。当初は帝国軍が優勢だったが、突然の降雨により一気に形勢が逆転する。一時は師団長が敵に包囲されるも、援護に駆けつけた第二大隊第九中隊の活躍と、新兵テッサ・ダールの猛反撃で合州軍を押し戻すことに成功する。

神が味方した無謀な戦い

バルナバス砦奇襲作戦

斬り込み中隊の異名を誇る帝国軍第二師団第二大隊第九中隊が命じられた奇襲作戦。シュライヴァ州の州都に通じる合州軍の要衝《ようしょう》で、難攻不落と謳われたバルナバス砦の奪取に奇跡的に成功。しかし合州軍の反撃に対し、帝国軍の十分な援軍が間に合わず、短期間のうちに放棄せざるを得なくなった。

	年	月日	出来事
	六七二年	九月下旬	隠れ里エルウィンを出たテッサら、レーエンデ解放軍の頭目《とうもく》セヴラン・ユゲットと会う。
	六七二年	九月下旬	テッサら有志、レーエンデ義勇軍を立ち上げ。ヌースで生活しつつ練兵《れんぺい》を始める。
	六七二年	十月	アルトベリ城の攻略方法を探るため、ルーチェはアルトベリの宿場村へ。春陽亭で働き始める。
	六七二年	十二月	ラウド渓谷路が閉ざされ、ルーチェはシーラと共に冬を越すことに。アルトベリ城の観察を続ける。
	六七三年	三月二十二日	レーエンデ義勇軍が帝国軍の輸送部隊を急襲し軍需品《ぐんじゅひん》を奪取。この後、襲撃を繰り返す。
	六七三年	十一月末	ルーチェ、アルトベリ城攻略について戦略を立て、春陽亭を出る。
	六七四年	二月十八日	レーエンデ義勇軍によるアルトベリ城攻略が始まる。翌日、アルトベリ城を奪取。
	六七四年	四月末	帝国軍の討伐隊がアルトベリ城に向かうが撃退され、五月の第二次、第三次討伐隊も撃退される。
	六七四年	五月	レーエンデ義勇軍のアルトベリ城奪取に呼応するように、レーエンデ各地で暴動が発生する。
	六七四年	六月五日	法皇より全教区の神騎隊をノイエレニエに集結させる伝令が出る。事実上の撤退命令。
	六七四年	六月十五日	レーエンデ義勇軍、アルトベリ城を出て西部の大都市ボネッティに移る。
	六七四年		反帝国勢力が乱立し、都市を襲い始める。急激に治安が悪化。
	六七四年	七月末	八月二十日のノイエレニエ聖都決戦に向けて、反帝国勢力を結集する計画が立てられる。
	六七四年	八月八日	法皇ユーリ五世が急死。三日後、エドアルドが選帝侯《せんていこう》を廃し、初代法皇帝となることを宣言する。
エドアルド・ダンブロシオ	六七四年	八月	エドアルド法皇帝、ノイエ族とティコ族への陳謝と人頭税の軽減を提案。ウル族を弾圧。
	六七四年	八月十七日	テッサ、北部の主要都市レイルに入る。八月二十日の聖都決戦中止を告知する。
	六七四年	八月二十二日	エドアルド法皇帝、北イジョルニ合州国の独立を容認する。
	六七四年	九月二日	第九中隊中隊長ギヨム・シモン、テッサとの一騎打ちの末、死す。
	六七四年	十月九日	エドアルド法皇帝、レーエンデ義勇軍に講和を申し入れ。テッサはアルトベリ城を放棄する。
	六七四年	十一月	テッサ、竜の首にてイシドロに投降。シャイア城でエドアルド法皇帝と会う。
	六七四年	十一月十六日	テッサ、シャイア城の城壁門《じょうへきもん》の磔刑台《たっけいだい》に繋がれる。
	六七四年	十二月十六日	テッサ二十五歳。死す。
	六七四年	十二月十九日	エドアルド法皇帝の命により、古代樹の森に火がつけられ半月近く燃え続ける。
	六七五年	八月二十五日	聖イジョルニ帝国と北イジョルニ合州国の間で不可侵協定が結ばれ、百年戦争が終結する。
	六七九年		エドアルド・ダンブロシオ・ヴァレッティ三十三歳。何者かに刺殺される。
ルチアーノ・ダンブロシオ	―		ルチアーノ・ダンブロシオ・ヴァレッティ、二代目法皇帝に就く。
	七一四年	十二月十五日	ルチアーノ・ダンブロシオ・ヴァレッティ五十八歳、死す。

レーエンデ義勇軍、最初の一手

帝国軍輸送部隊襲撃

テッサ・ダールにより結成されたレーエンデ義勇軍は、ラウド渓谷路にて帝国軍の輸送部隊を数回にわたって襲撃する。輸送物資を強奪し、帝国兵の命を容赦なく奪った。ただし、レーエンデ人の歩荷《ぼっか》たちは見逃して金を与え、ある者は故郷に帰り、ある者はそのまま義勇軍に参加した。帝国側は当初、これを神隠しや事故として処理したが、重装備の警護をつけても輸送部隊の失踪が相次いだことで、反乱軍の存在を認めざるを得なくなってしまう。

義勇軍、最大にして最後の快挙

アルトベリ城攻略作戦

レーエンデと外地を隔てる最大の関所であり、鉄壁の要塞として恐れられたアルトベリ城は、帝国打倒の重要なポイントでもあった。レーエンデ義勇軍の若き軍師ルーチェは、その堅牢強固な密閉性を逆手に取り、城砦内の帝国兵を赤気病《せっきびょう》に導いて戦力を一時無効化。さらにテッサは、並外れた身体能力と耐久力で、限られた時間内で城に侵入し、敵兵の制圧と開門を成し遂げた。多くの犠牲を出したものの、レーエンデ義勇軍にとっては最大の快挙となる。

第一章「年代記」／第二部「レーエンデ国物語 月と太陽」

人物の移動

レーエンデに蒔かれる反乱の種

第一章 ルーチェ

両親を殺され、屋敷を焼かれたルチアーノは小舟でフィゲロア湖を渡る。テッサに救われ、古代樹の森の向こうにあるダール村へ。

第二章 斬り込み中隊

フローディアで民兵として帝国軍に入ったテッサたちは、ファガン平原の第九中隊に配属。戦地を転々とし、バルナバス砦に至る。

第三章 もう神なんて信じない

ダール村の虐殺。生き残ったルーチェはイシドロに助けられ、ロッソ村を目指す。途中、フローディアとノイエレニエの分岐点を通過。

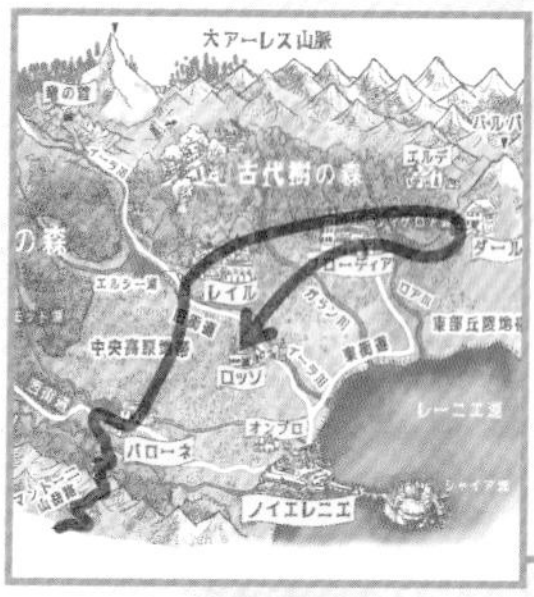

第四章 落陽

軍を脱走したテッサたちはマントーニ山岳路を抜け、ダール村へ。フィゲロア湖畔で司祭長を暗殺後、ロッソ村でルーチェと再会する。

第五章 隠れ里エルウィン

テッサたちは中央高原地帯を抜け、西の森へ。その途上、同じく反帝国の志を抱く隠れ里エルウィンの人々と出会い、しばし滞在する。

第六章 レーエンデ解放軍

西の森に巣食う山賊レーエンデ解放軍に、帝国打倒の協力を募るテッサ。仲間が増えた一行は、森を抜けた先の壁内住居ヌースへ。

第七章 春陽亭の三姉妹

ルーチェは行商人を装い、アルトベリ峠の宿場村に潜入。娼館も兼ねる宿屋「春陽亭」に職を得て、アルトベリ城の情報収集を始める。

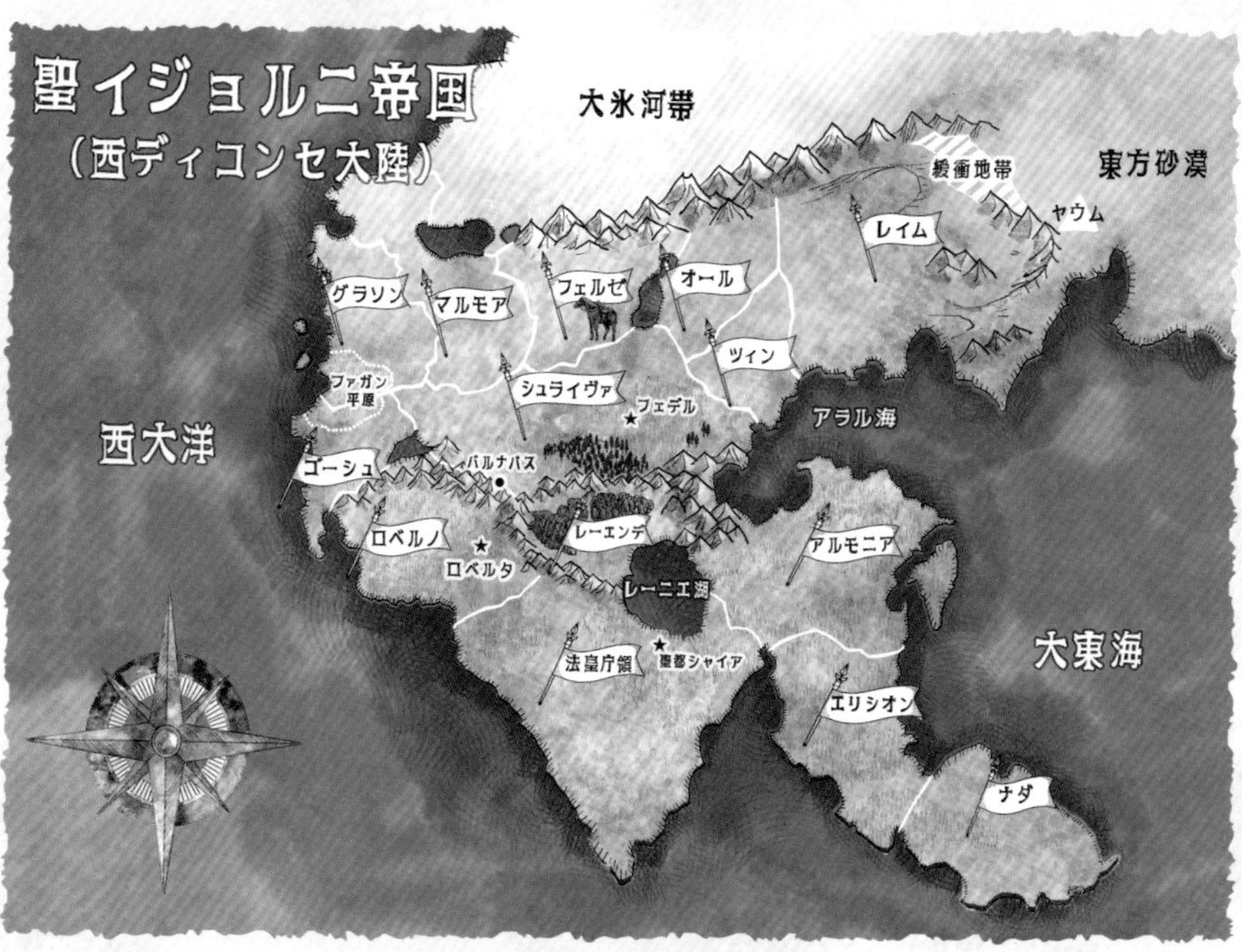

レーエンデ義勇軍の革命の炎は、ラウド渓谷路／アルトベリ城から始まり、東へと燃え広がる。しかし、聖都決戦はついに実現しなかった。

第八章 初仕事

テッサ率いるレーエンデ義勇軍はヌースでの訓練を経て、ラウド渓谷路の難所“蛇の背”で帝国軍の輸送部隊を襲撃。初勝利を飾る。

第九章 協力者

ルーチェは「春陽亭」の三姉妹と協議を重ね、アルトベリ城攻略法をまとめる。ラウド渓谷路を通ってヌースに戻り、テッサと再会。

第十章 アルトベリ城攻略

レーエンデ義勇軍はアルトベリ城へ出発。「春陽亭」を隠れ家にして作戦を決行し、テッサたちの活躍により城を陥落させる。

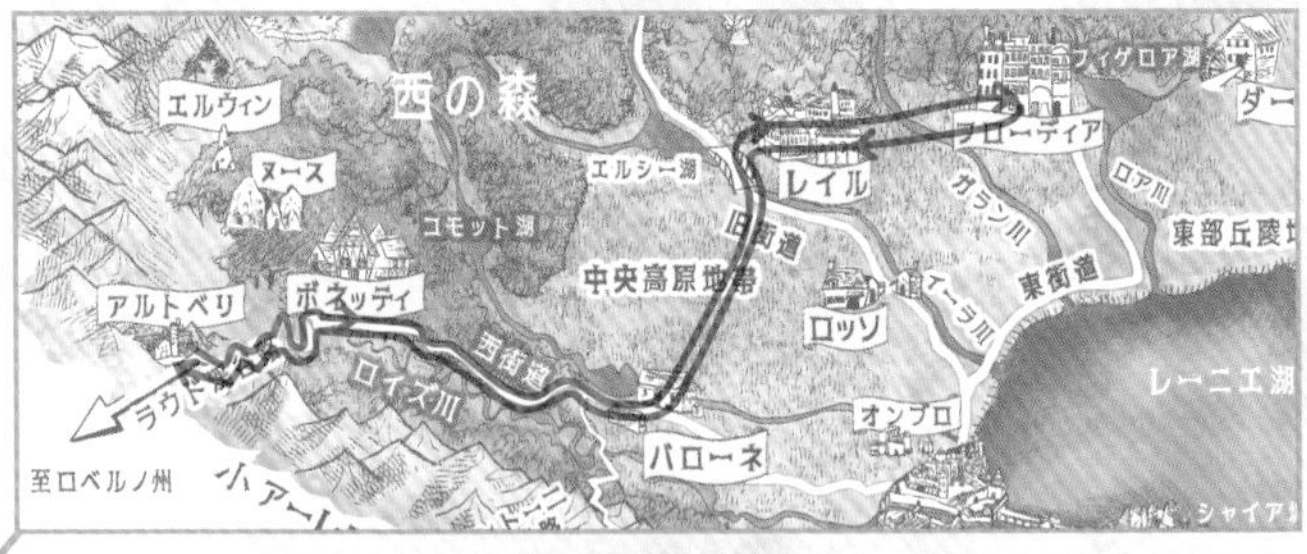

第十一章 軍師の誕生

義勇軍は春の訪れまでアルトベリに滞在。ルーチェたちは「春陽亭」に代わる新たな拠点としてボネッティを選ぶ。

第十二章 革命の夏

義勇軍は、各地の反乱軍との共闘を目論む。しかし法皇帝の即位と親書により分断され、革命の気運は下火になってしまう。

第十三章 もっとも信心深い者にこそ

ルーチェは、袋の鼠となったアルトベリ城から、イシドロの導きにより脱出。ノイエレニエのシャイア城で、法皇帝となった兄エドアルドと再会する。

第十四章 月と太陽

テッサは仲間を連れてアルトベリ城から脱出し、彼らを見送ったのち投降。ノイエレニエに連行され、城壁門の磔刑台で処刑される。

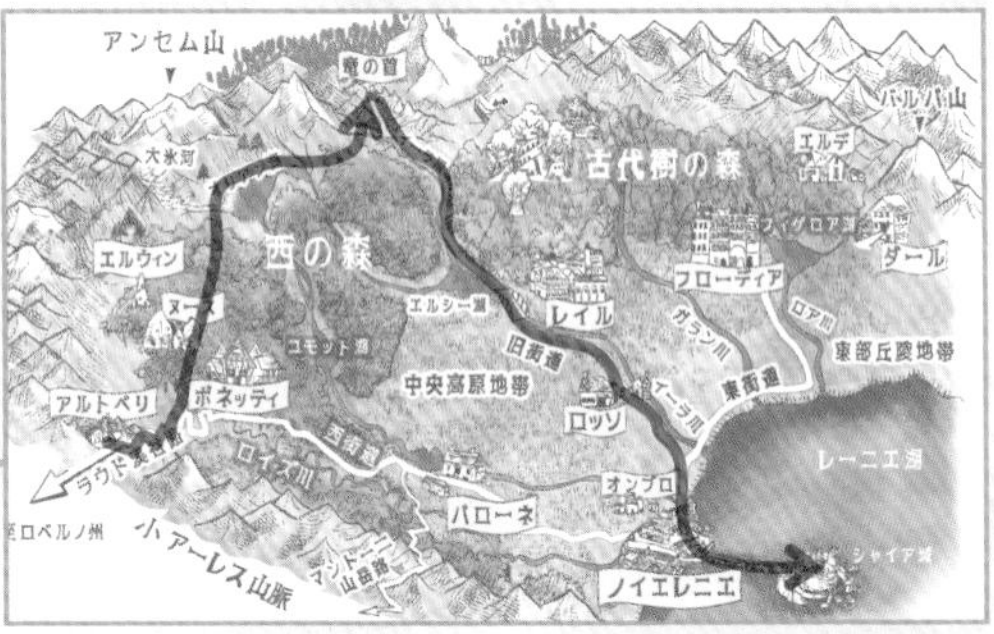

レーエンデ

地図：芦刈 将

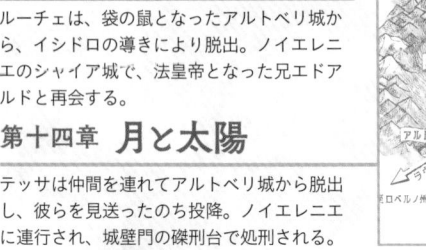

第一章「年代記」／第二部「レーエンデ国物語 月と太陽」人物相関図

ダンブロシオ家

エロール・ダンブロシオ・ヴァレッティ
ダンブロシオ家当主。ルチアーノとエドアルドの伯父に当たる。法皇帝の代理人として数々の交渉を行う。

兄妹

ヴィスタ・ダンブロシオ
グラウコ・コシモの没後、東教区の司祭長を務める。レーエンデ各地の反乱軍蜂起《ほうき》に巻き込まれる。

夫婦

クラリッサ・ダンブロシオ
ダンブロシオ家の末娘。上に四人の兄がいる。マウリシオ・ヴァレッティに嫁ぎ、二人の子供をもうける。

親子

グラウコ・コシモ
マウリシオ・ヴァレッティの後任として司祭長となり、東教区の村々に重税を課す。コシモ家の次男坊であったことから、軽んじられることを嫌い、功名に逸《はや》るところがある。

マウリシオ・ヴァレッティ
東教区の司祭長。自らの保身と野望のために下した決断が、後に数多くの悲劇を生むことになる。

愛

ルチアーノ・ダンブロシオ・ヴァレッティ／ルーチェ・ロペス (P72参照)

エドアルド・ダンブロシオ・ヴァレッティ (P76参照)

潜入

アイク
レーエンデ義勇軍に協力するノイエ族の行商人。ルーチェを春陽亭に潜り込ませる。

暗躍

イシドロ
ダンブロシオ家のために働く影。エドアルドを恐れながらも忠実に仕え、さまざまな策謀に関わる。

寵愛

ユーリ五世
短気で偏屈で知られる法皇。男色家で、権力をもってエドアルドを側仕えにし、男妾として寵愛《ちょうあい》する。

追放

トマス・フェルミ
五大名家のひとつフェルミ家の当主だが、エドアルドの策謀により絞首刑になる。以後、一族は没落。

信頼

春陽亭

オルグ
春陽亭主人。悪相で無愛想だが、売春婦から慕われ、人を見る目も確か。隠しているが実はウル族。

ミラ
血のつながりのない三姉妹の長女。長い黒髪が自慢。

ペネロペ
次女。ドレスを仕立てる裁縫の腕前は一流。口は悪い。

シーラ
末っ子。ルーチェより早く生まれたためお姉さんを気取る。

使用人たち
家令長アントニオや、庭師エミリオは、レーエンデの森や異民族の恐ろしさをルチアーノに話す。女中頭イルマ・ロペスはルチアーノの母親代わり。彼女の息子の名はルーチェ。

各地の反乱軍

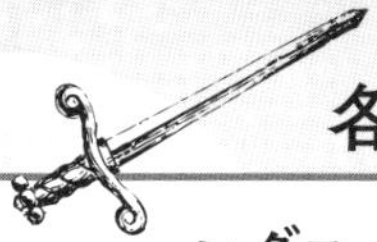

蜂起

イラリオ
フローディア立志団の頭目。コルド村出身の生真面目な青年という評判。

レグロ
ヤンチャだが行動が早く結束も固いという評判のレイル勇士軍の頭目。

リカルド
レイルのパン職人。テッサの人となりを後世に伝える。

マルコ・リウッツィ
北教区の司祭長。善政を行い、領民からも好かれていた。子供の名はカミーロ。

マウロ
テッサを英雄と信じる、ノイエレニエに住むティコ族の少年。

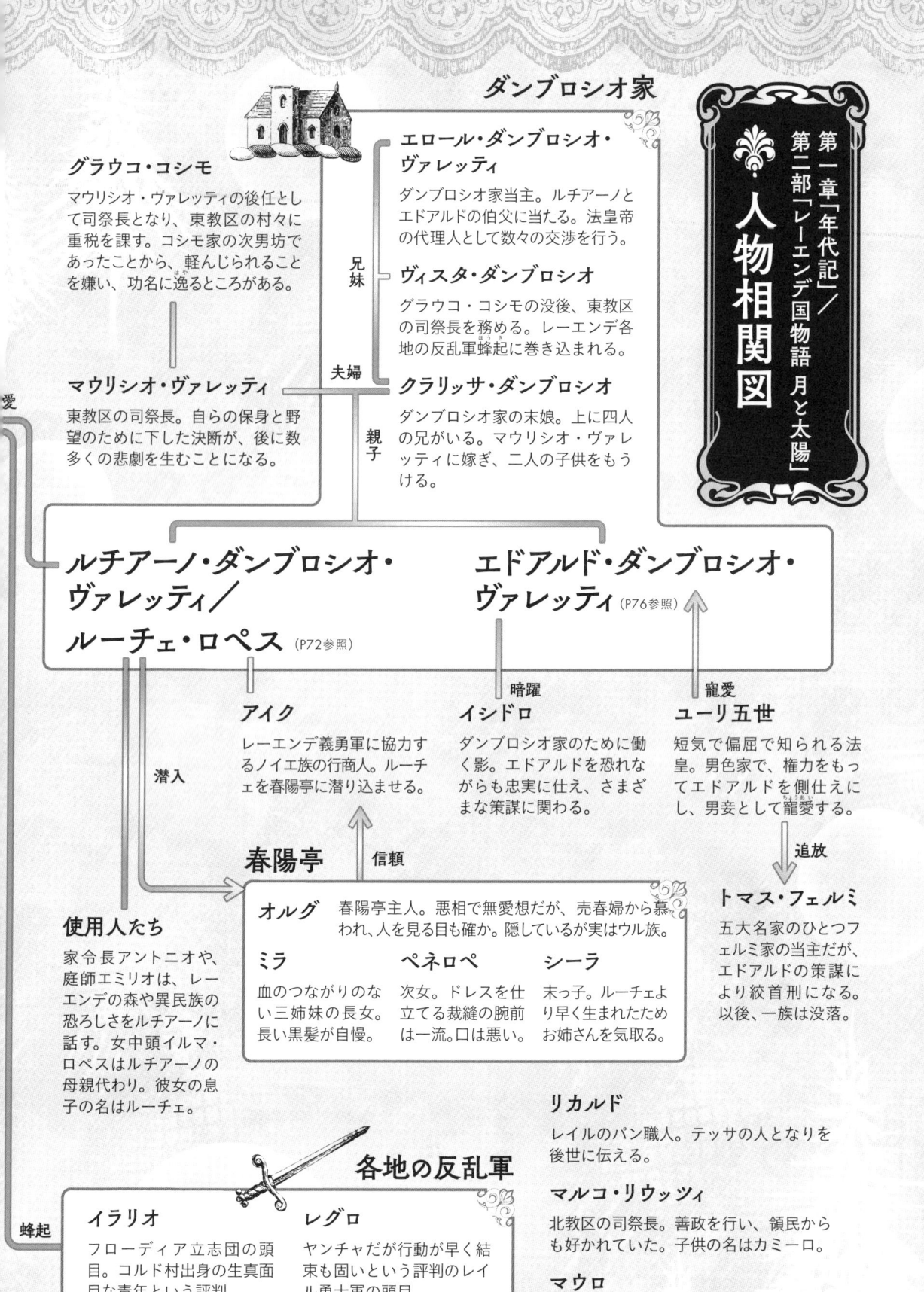

ボネッティの人々

シャピロ
ボネッティの顔役。宿屋と飯屋の経営で財を成し、病院や学校を造り社会貢献も行う人格者だが、臆病な性格で恥ずかしがり屋の一面も。

ダニエル＆ファビオ
シャピロの宿屋「安眠亭」の美男子従業員。絶品のシチューを出す。

信頼

ダール村の人々

フリオ司祭
ダール村の司祭。クラリエ教伝道者と酒場の店主というふたつの顔を持つ。村人の良き理解者として慕われる。

イェリク
ダール村のティコ族。くだらない嘘でテッサを騙しては楽しんでいる。

テルセロ
戦友
ウーゴと共に民兵として戦った後、村に残り村長となる。力自慢の強者。

ウーゴ
テッサとアレーテの父。ファガン平原で戦死する。テッサの音痴は父ゆずり。

親子

アレーテ・ダール
テッサ自慢の美人の姉。帝国文字を読め、教育でレーエンデ人の自立心を育て、自由を勝ち取ろうとする進歩的な考えの持ち主。

テッサ・ダール
（P74参照）

親友

告白

キリル・ダール
テッサの幼馴染み。体格が良く、颯爽とした好漢。アレーテにゾッコンで兵役に出る前に告白するが、キッパリ断られる。

イザーク・ドゥ・エルデ
キリルと森の狩猟小屋で暮らす。弓の名手。礼儀正しく、義理深く、人にやさしい。戦場で不安に襲われたテッサを慰めることもしばしば。

レーエンデ解放軍

セヴラン・ユゲット
レーエンデ解放軍の頭目。無法者たちを集め、小アーレスの麓を転々としながら商隊を襲っている。ずる賢く、隙を見せればつけ込む油断のならない男だが、見た目は男前。

ブラディ
悪相の大男。大剣の使い手で、身も軽く、戦闘に長ける。

利用

合流

所属

隠れ里エルウィンの住人

ゾーイ・ドゥ・エルウィン
エルウィンの隠れ里の里長。レーエンデ人としての誇りを持ち、帝国支配に抗う時機を待つ。テッサを支援し、義勇軍への同調をウル族に働きかける。銀呪病を患っている。

スラヴィク・ドゥ・エルウィン
無表情で感情を表に出さないエルウィンの隠れ里の番人。息子を医者に診せるために森を出てハグレ者になる。ルーチェの能力を理解し、彼を一人前の大人として扱う。

ギムタス
隠れ里の番人。ウル族の青年で、テッサらと十日ほど暮らして信頼できる人物か判断を下した。

イルザ・ドゥ・エルウィン
ゾーイの娘だが、あまり似ていない。サバサバとした性格で、ヌースでの義勇軍の生活を支える。

協力

レーエンデ義勇軍

ブラス
第九中隊の先輩民兵。愛する娘アニタが神騎兵に乱暴されて自殺し、解放軍に入るが、テッサらと再会しレーエンデ義勇軍に合流する。

ディラン・ハート
老武具師。解放軍が捨てた剣や鎧を打ち直し、義勇軍を支える。

ボー
大男で腕っぷしも強いが、足を怪我し走れない。ディランへの弟子入りを考える。

そのほかのレーエンデ義勇軍メンバーにミール、ロンデロ、カイル、ユーシス、ロナンなどがいる。初期は解放軍から合流した者、輸送部隊襲撃をきっかけに参加したレーエンデ人などで構成された。アルトベリ城攻略作戦は成功するが、ボーのほか、ガウル、フルーカ、ジダー、リンドー、キャラコなど戦死者も多く出している。

第九中隊

ギヨム・シモン
荒くれ者が集まる第九中隊の中隊長。アルモニア州出身。叩き上げの兵士で、機を見るに敏、電光石火の指揮でいくつもの窮地をくぐり抜けてきた歴戦の雄。テッサの尊敬と思《し》慕《ぼ》の相手。

アラン・ランソン
ゴーシュ州出身の副長。強面の大男だがユーモアを解する、シモンの右腕的存在。

フレデリコ・フォリーニ
帝国軍第二師団師団長。兵士を机上の駒と考える典型的な帝国軍人。

カール・シュライヴァ
帝国軍と敵対するバルナバス砦の指揮官。捕虜になった際、砦の正門に刻まれた言葉の由来を、ギヨム・シモンに伝える。

レーエンデ国物語

The Chronicles of Leende

Applause or Silence

喝采か沈黙か

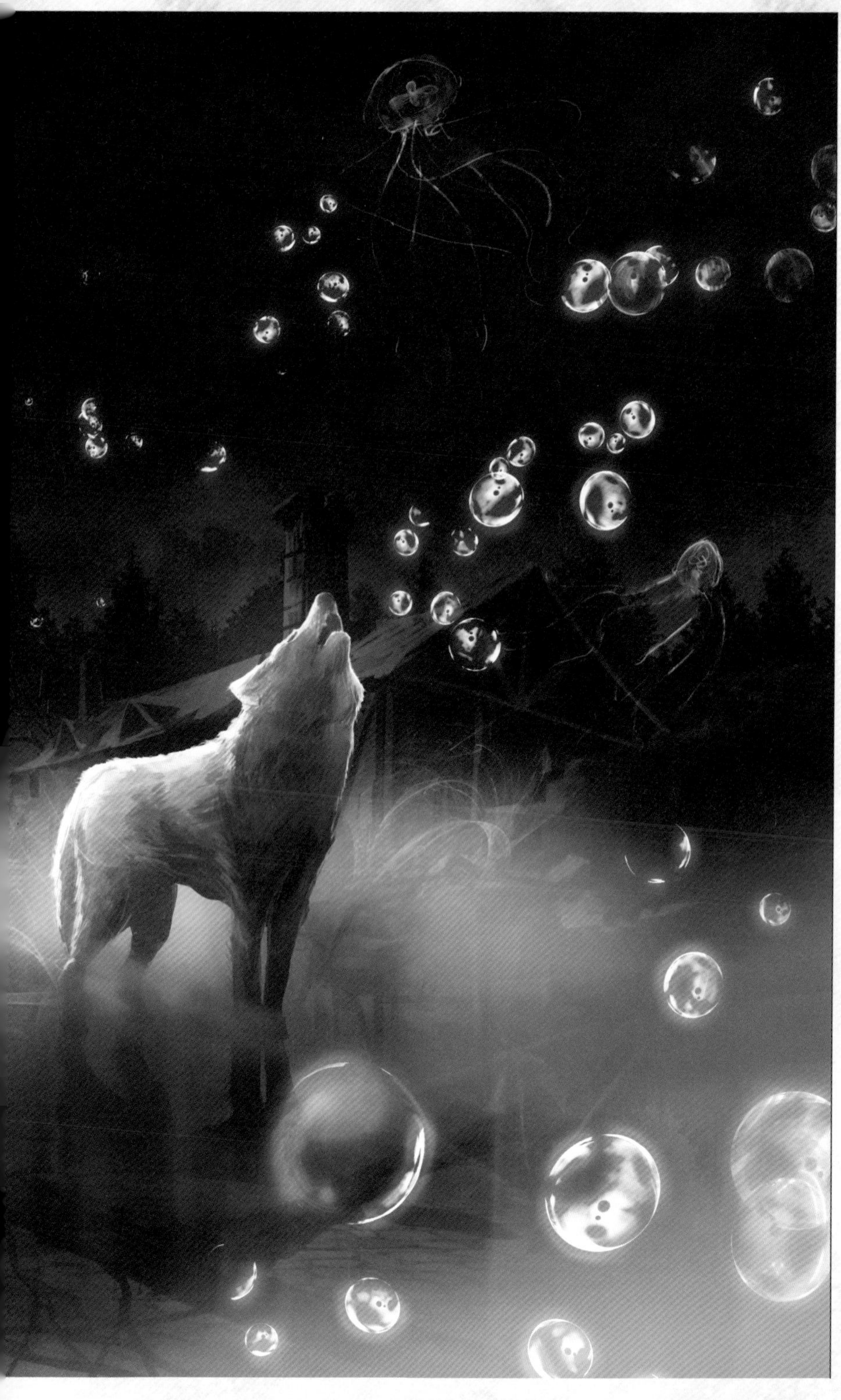

レーエンデ国物語
喝采か沈黙か

2023年10月18日 第1刷発行
定価 2,090円(本体1,900円)
四六変形 392ページ
ISBN 978-4-06-533583-3

装画：よー清水

絶望の暗闇《くらやみ》に明かりを灯《とも》す者がいた。
高らかに自由を謳《うた》い、
失われた矜持《きょうじ》と尊厳を思い出させた者がいた。

ストーリー

母さん！ 俺達を置いて行かないで！

リーアン、お前は天才だ。
ああ、俺もそう思う

イジョルニ人に尻尾を
振るしか能のねぇ、
ケツ穴野郎はすっ込んでろ

人との絆は命綱だ。
多けりゃ多いほどいい

芝居は虚構だ。
あり得ないことが起きるから面白いんだ。

俺のホンは完璧だ。
すべてに調和が取れている。
少し変えただけでも瓦解《がかい》する。
何もかもが台無しになる！

安心しろ、
爺さん。
もうじき秘密は
秘密じゃなくなる

神様、
あんたは残酷だ

いざ行かん！
テッサ・ダールの
足跡を求めて！

一度観たら
忘れられねぇ、もう一度
観たくてたまらねぇ、
レーエンデ人だけでなく
イジョルニ人さえも
夢中にさせる。
俺が書くのはそういう戯曲だ。
永遠に語り継がれる
不朽の大傑作だ

『まず墓参りをしろ』って。
『そうすればわかる』って

兄弟が命を懸けた世界を変える物語

聖イジョルニ暦八世紀末。ノイエレニエの下町に、ふたりの若き演劇人がいた。リーアン・ランベールと、アーロウ・ランベール、劇団ルミニエル座を支える双子の兄弟である。リーアンは座付《ざつき》劇作家として独創的な物語を次々と発表し、注目を集める若き天才。そして座長のアーロウは、劇場の〝本業〟である娼館で、男娼として働いてきた苦労人だ。

彼らが十二歳のとき、娼婦だったレーエンデ人の母親は裕福なイジョルニ人の男と町を去った。このとき、兄弟の運命は明暗を分ける。早々に独立を宣言し、自分を置き去りにした兄リーアンに対して、忸怩《じくじ》たる思いを抱き続けるアーロウ。天賦《てんぷ》の才能に恵まれ、成功への道をひた走る兄の新作戯曲を受け取るたび、彼は自分の凡庸さに打ちひしがれる日々を送っていた。

ある年、リーアンに驚きのオファーが舞い込む。演劇界にその名

あんたは凡人だから、
とても優れた
凡人だから、
リーアンには決して
手に入らない
人並みの幸せを
摑むことが出来る

ふたつだけ、伏せておいて
ほしいことがある。
ひとつはエルウィンの場所、
もうひとつは竜の首の設計図だ

革命の話をしよう。

ライカ姫、不肖アーロウ・ランベールが
お供いたします。いざ参りましょう

教えてくれ、神様！
あと一年で、どうやって
名を残せばいいんだ！

才能を摑んだのは俺だ。
テッサの戯曲を書くのも、
歴史に名を残すのも、
死の呪いを受けるのも俺だ。
お前には譲らねぇ。
なにひとつ譲らねぇ！

貴方を誤解していました

嘘でもいい。
そうだと言えよ。
そういう
筋書きのほうが
盛り上がるだろ？

認めろよ、アーロウ。
これが今のレーエンデだ。
俺達が命を懸けて、
守る価値なんかねぇんだよ！

ありがとう、アーロウ

を轟《とどろ》かせる演出家、ミケーレ・シユティーレから新作戯曲の執筆を依頼されたのだ。その作品は聖イジョルニ帝国の建国八百年を記念し、帝国歌劇場で上演されるという。日陰者のレーエンデ人にとって、二度とない好機だ。

野心と好奇心にあふれるリーアンは、その好機に誰もが避けて通る題材を選ぶ。国家により存在を抹消されたレーエンデの英雄、テッサ・ダールの物語。アーロウはその過激なアイデアに慄《おのの》きつつ、同時に抑えようのない興奮に襲われてもいた。兄弟は謎に満ちたテッサの人物像を掘り下げるべく、旅に出る。英雄の故郷ダール村、古都レイルの共同墓地、アルトベリの娼館、そして〝知られざる者〟が待つラウド渓谷――。行く先々で彼らが出会ったのは、想像を絶する悲運の英雄像であった。この物語は、世界を変える。そう確信したふたりは、戯曲『月と太陽』の完成に全身全霊を傾ける。その先に待ち受ける運命も知らずに――。

第一章「年代記」／第三部「レーエンデ国物語 喝采か沈黙か」

イメージボード ボネッティ座

「行くぞ！」
赤毛の女が叫んだ。扉を破って城内に乗り込む。
大きな斧《おの》を振り回し、敵兵をなぎ倒していく。
続く男達も負けじと戦う。
一方は大剣を振るい、もう一方は弓を使って二人を助ける。
三人は梯子《はしご》を使い、梁《はり》の上へと駆け上がった。
待ちかまえる敵兵を蹴散らし、前へ前へと進んでいく。
そうはさせまいと敵兵が襲いかかる。
梁の上での激闘、躍るような剣戟《けんげき》。激しい息づかいが聞こえてくる。
演者の額には汗が光っている。

――P.205 第五章 知られざる者より

画：禅之助

第一章「年代記」／第三部「レーエンデ国物語 喝采か沈黙か」

大陸年表

民衆の心を震わせる戯曲の誕生

治世	年	月日	事柄
ルチアーノ・ダンブロシオ	—		ルチアーノ・ダンブロシオ、満月の夜に十三人の生贄《いけにえ》を捧げる『犠牲法』を制定する。
	六八五年		ルチアーノ・ダンブロシオ、不当な暴力から娼婦を保護する『娼館保護法』を制定する。
	—		ルチアーノ・ダンブロシオ、帝国の威信を懸けて、蒸気機関車の実用化に乗り出す。
	七一四年	十二月十五日	ルチアーノ・ダンブロシオ五十八歳、死す。
ネストレ・コシモ	七五六年		アルモニア州エストレニエと聖都ノイエレニエをつなぐノイエスト鉄道が完成する。
？	七七五年	四月十五日	リーアン・ランベール、アーロウ・ランベールが生まれる。
	七八三年	冬	ランベール兄弟、月光亭を抜け出し、ノイエスト鉄道の鉄路で光柱を目撃する。
	七八六年		アーロウ十一歳、初舞台を踏む。男娼として働くようになる。
	七八六年		同時期、リーアンは戯曲を書き始める。
	七八七年	十三月	リーアンとアーロウの母親セリーヌ・ランベール、子供を捨てイジョルニ人とエストレニエへ。
	七八七年		リーアン十二歳、ルミニエル座の座付劇作家としてのキャリアをスタートさせる。
	七九八年		ミケーレ・シュティーレ、リーアンに帝国建国八百年祭の記念公演のための戯曲を依頼する。
フラヴィアーノ・ダンブロシオ	七九八年	冬	ルミニエル座で、アーロウ・ランベール演出『恋ってどんなものかしら』が公演される。
	七九八年	冬	リーアン、戯曲『橋』『南の国の後宮にて』脱稿。テッサ・ダールの物語を書くことを決意する。
	七九九年	四月一日	ランベール兄弟、テッサ・ダールの足跡を辿るべくダール村を目指す。
	七九九年	四月三日	ランベール兄弟、フローディアの街に入れず。フィゲロア湖畔で銀色の魚を目撃する。
	七九九年	四月四日	ランベール兄弟、ダール村に到着。「黒曜亭」の娼婦からレイルの共同墓地についての情報を得る。
	七九九年	四月八日	ランベール兄弟、レイルに到着。パン屋主人リカルド・ハロウに会う。
	七九九年	四月九日	ランベール兄弟、レイルを出てアルトベリへ向かう。

英雄の軌跡を追う兄弟たちもまた、
数奇な運命に引き裂かれていく。
だが、その先には確かな希望が――。

初めて真の姿を現した傑作舞台

『月と太陽』レイル公演記

劇作家リーアン・ランベールの代表作『月と太陽』が、レーエンデ最大の規模を誇るレイル歌劇場で初めて上演されたのは、聖イジョルニ暦八三〇年四月のこと。この作品は三十年前、建国八百年祭記念公演としてエストレニエのイジョルニ帝国歌劇場で上演された同名舞台『月と太陽』とはまったく似て非なるものであった。演出家ミケーレ・シュティーレによる盗作・改変、そしてリーアンの双子の弟アーロウ・ランベールによってシュティーレが射殺されるというスキャンダラスな顛末は、いまも語り草となっている。

リーアン・ランベールと劇団ルミニエル座が、レーエンデの大劇場で『月と太陽』を原型のまま上演することは長年の悲願であった。地方都市での試演を重ね、支持者を募り、かつて凱旋《がいせん》を誓ったレイル歌劇場で公演初日を迎えるまでには三十年の歳月を要したという。それでも、「役者も楽団も裏方もすべてレーエンデ人で揃

	七九九年	四月十四日	ランベール兄弟、ボネッティに到着。ボネッティ座で『ウルトベリ城の陥落』を観る。
	七九九年	四月十九日	ランベール兄弟、ボネッティ座座長ペネロペの紹介で、テッサに詳しい〝知られざる者〟と会う。
	七九九年	四月二十四日	ランベール兄弟、ノイエレニエに戻る。
	七九九年	五月一日	ルミニエル座にて、リーアンの新作戯曲『橋』が初日を迎える。舞台は大成功を収める。
	七九九年	五月	リーアン、長編戯曲『月と太陽』の執筆に取り掛かるが、深刻なスランプに陥る。
	七九九年	六月	ランベール兄弟の母親代わりだったライカが、病に倒れる。
	七九九年	六月	ライカ、救済院へ。同日、アーロウは初めてミケーレと対面する。
	七九九年	九月十四日	アーロウの元に、ライカが『犠牲法』の生贄になるという知らせが届く。翌日執行される。
	七九九年	十月	リーアン、イジョルニ人専用酒場で警邏《けいら》兵に逮捕される。その後、ミケーレの助力により釈放。
	七九九年	十月	アーロウ、マレナに求婚する。
	七九九年	十一月	ルミニエル座にて、アーロウが書いた戯曲『愛の手紙』が上演される。
	七九九年	十二月	リーアン、戯曲『月と太陽』を脱稿する。
	七九九年	十三月	リーアン、「人形亭」の娼婦たちを身請け。希望者は救済院の看護師として働き始める。
	八〇〇年	二月	ミラベル・ロランスによる救済院改装工事と、レーエンデ人が対象の医療学校の準備が進む。
	八〇〇年	四月一日	エストレニエのイジョルニ帝国歌劇場で、ミケーレによる改変が行われた『月と太陽』上演される。
	八〇〇年	四月二日	アーロウ、でっちあげの外地逃亡罪で告発される。ミケーレ、射殺される。
	八〇〇年	四月十五日	アーロウ二十五歳、『犠牲法』の生贄となり死す。
	八〇五年		リーアンとマレナの間に息子が生まれる。名前はアーロウ。
	―		リーアンとマレナの間に娘が生まれる。名前はミラベル。
	―		リーアン、地方都市を回り『月と太陽』の試演を繰り返し、支持者を集める。
	―		リーアン、騒乱罪で投獄されるも裁判所で『レーエンデに自由を』を熱唱し、無罪を勝ち取る。
	―		ルミニエル座、レーエンデを代表する劇団へと成長する。
?	八三〇年	四月	レイル歌劇場にて、改変されていないリーアンの『月と太陽』が上演される。
	八三三年		マレナ五十六歳、『月と太陽』千秋楽の日に倒れ、そのまま死す。
	八三五年		リーアン六十歳、書斎の椅子に座ったまま、眠るように死す。
	八四一年	春	ミラベル・ロランス七十六歳、死す。

える」というコンセプトは頑なに守られた。

主人公テッサ役には、才能ある若手女優で、リーアンの実娘であるミラベルを起用。その姉アレーテを演じたのは、リーアンの公私にわたるパートナーであり、ミラベルの母でもあるマレナ・イルファである。ギヨム・シモン役には、イジョルニ人を演じても遜色ない風貌を持つユアン・ダールを抜擢。もともとダール村の劇団で照明係をしていたが、たちまち劇団きっての人気俳優に上り詰めたという才人だ。作・演出をつとめたリーアンは自らオーケストラの指揮も担当し、のちに演出家となる息子アーロウが助手として父を支えた。

オリジナル版『月と太陽』は初回から満場の喝采で迎えられ、レーエンデ人、イジョルニ人を問わず、多くの観客を感動させた（初日の客席には北教区司祭長ルネ・リウッツィの姿もあったという）。一部のイジョルニ人は「反帝国思想を煽る危険な戯曲」と批判し、上演中止を要求。だが、ごくわずかな不評は連日の好評にかき消され、公演は二年間に及ぶロングランとなった。その千秋楽の日、マレナ・イルファは閉幕直後に倒れ、帰らぬ人となる。

『月と太陽』は不朽の名作としてレーエンデの人々に愛され、劇中歌『レーエンデに自由を』は、永遠の名曲として現在も歌い継がれている。

人物の移動

第一章「年代記」／第三部「レーエンデ国物語 喝采か沈黙か」

双子の演劇人がテッサの影を追う

忘れられた英雄テッサ・ダールの足跡を追って、若き双子の演劇人はレーエンデを横断する。そして長い年月を経て舞台の幕が上がる。

第一章 歪んだ鏡像

聖都ノイエレニエの下町で、アーロウ・ランベールは男娼稼業の傍ら、劇団ルミニエル座の座長として多忙な日々を送る。一方、双子の兄リーアンは若き天才劇作家として、その名を業界に轟かせる。

第二章 ミケーレ・シュティーレの依頼

リーアンはノイエレニエの城壁門に近い屋敷の一室に住み、多くの霊感を得ている。高名な演出家ミケーレから戯曲執筆を依頼された彼は、英雄テッサ・ダールの物語を書くべく旅立ちを宣言。アーロウも同行することに。

第三章 テッサを探して

四月、兄弟は馬車でノイエレニエを出発し、オランで一泊。東の大都市フローディアには検問で入れず、やむなく野宿をすることに。翌日、ダール村の娼館「黒曜亭」で情報を収集する。

第四章 赤い頭

ダール村を出た兄弟は、古都レイルに到着する。レイル歌劇場、エルシー座、レイル共同墓地に立ち寄り、パン屋「テスタロッサ」の主人から、テッサにまつわる重要な情報を得る。

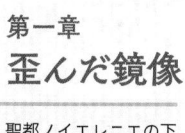

第五章
知られざる者

レイルを出た兄弟は、危険な西部を避けて街道沿いにアルトベリを目指す。途中、ボネッティ座で出会った座長ペネロペの手引きで、隠れ里エルウィンの住人シレンと対面。そこでテッサの真実の物語を知る。

第七章 天才と凡人

リーアンはレーニエ監獄に収監され、そこで珠玉の名曲『レーエンデに自由を』を書き上げる。出獄後、リーアンはシュティーレのもとで執筆に集中。アーロウはマレナに結婚を申し込む。

第八章 喝采か沈黙か

ついにリーアンは戯曲『月と太陽』を完成させる。帝国建国八百年祭記念公演としてイジョルニ帝国歌劇場で上演されるが、その物語はミケーレにより、帝国を讃美するものに改竄《かいざん》されていた。

第六章
憐憫と懊悩

兄弟は、ひと月ぶりにノイエレニエに戻る。アーロウは再びルミニエル座の舞台に立ち、リーアンは新作に手を付けないまま月日が経つ。そして、エストレニエから演出家ミケーレがやってくる。

レーエンデ

地図：芦刈 将

第一章「年代記」／第三部「レーエンデ国物語 喝采か沈黙か」

人物相関図

レーエンデ義勇軍

ルミニエル座の歴代座長が、名前を守ってきた反帝国組織。レーエンデ各地に拠点を持つが、その組織は脆弱で、実行力も乏しい。

アルヌー夫人

ノイエ系レーエンデ人で、リーアンの下宿の女主人。彼の部屋の掃除、洗い物、食事の用意なども請け負っている。普段は無口でほとんど話さない。

リウッツィ家

ミール・リウッツィ

北教区の司祭長で次期法皇帝と目される権勢の持ち主だが、レーエンデ人には寛容な姿勢を取っている。リウッツィ家は、芸術と文化を愛する一族としても知られる。

ルネ・リウッツィ

ミールの没後、北教区の司祭長を務める。『月と太陽』の初演を観劇して感動し、座長に一族の紋章入りの指輪を贈った逸話が残っている。

ネストレ・コシモ

ルチアーノ・ダンブロシオの没後、第三代法皇帝を戴冠《たいかん》。多大な犠牲と莫大な資金を費やして、外地エストレニエとノイエレニエを繋ぐノイエスト鉄道を完成させる。

依頼

ミケーレ・シュティーレ

（P82参照）

旅先で出会う人々

アンドル・ピエント

ダール村の劇場ガート座と娼館黒曜亭を営む。リーアンの戯曲を煽情的に演出。作者から「超特大のクソ」だと評される。娼館の料理はおいしく、ミンスパイが名物。

ツバル・コーント

レイルの劇場エルシー座と娼館琥珀亭を営む。レーエンデ義勇軍の考えに賛同の意を示しているが、実はリーアンの脚本が欲しいだけで、帝国への隷属をよしとする俗人。

ペネロペ

ボネッティの劇場ボネッティ座の座長で、『ウルトベリ城の陥落』の脚本と演出を担当。リーアンを師匠と呼び、テッサについて詳しく知る「知られざる者」への仲介をする。

クルヴァ

黒曜亭で三十年ほど働く老娼婦。エルデ村生まれのウル族で、人頭税が払えなくなり十五歳のときに売られる。かつてのダール村はボタ山が崩れて埋まったと話す。

リカルド・ハロウ

テッサを直接知るリカルドの子孫で、パン屋店主。テッサの真実を語り継ぐことが一族の使命と語り、テッサの反乱がどういうものであったかをリーアンらに伝える。

シレン・ドゥ・エルウィン

知られざる者。隠れ里エルウィンの住人で、テッサの過酷な人生について語り、彼女が二十五歳で死んだと告げる。

??

四十代の黒曜亭の娼婦。アーロウたちがテッサ・ダールについて調べていることを知り、たっぷりの情報料と引き換えに、レイルにあるというレーエンデ義勇軍の遺産の話をする。

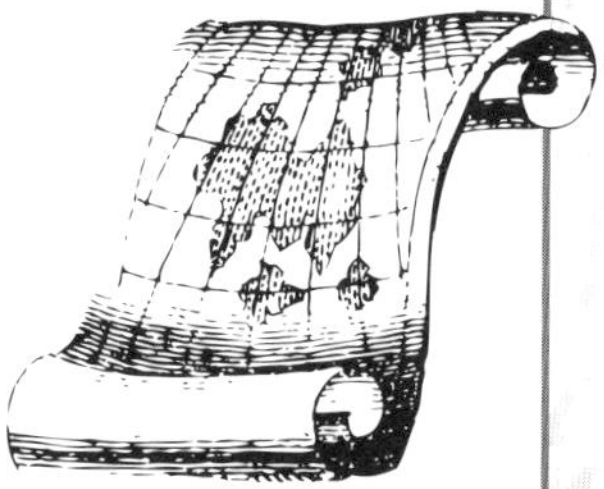

ルミニエル座

モニカ
『恋ってどんなものかしら』で初舞台を踏む。アーロウに恋心を寄せているが、そのアーロウから痛烈な言葉を浴びせられる。

マレナ・イルファ
五歳のときに口減らしのために月光亭に売られ、一歳違いのアーロウたちと兄妹同然に育つ。人見知りで気難しいリーアンも、マレナには心を許す。一座の花形女優でもある。

愛情

オレリア・コマ
月光亭の女主人。娼婦に同情はしても甘やかさないし、感情にも流されない。信じるのはお金だけというやり手の吝《しわ》い屋だが、幼いリーアンが書き上げた戯曲を読んで、その才能を見抜いた目は確か。

ルミニエル座の女優たち
女優たちは月光亭の娼婦でもある。男の劣情を煽るような衣装や動きで目を惹き、売り物としてのお披露目をするため役者として舞台に立つ。ここに紹介する女優のほか、オリヴェ、タリー、エレン、ジルなどがいる。

ライカ
五十歳を超える、月光亭の最古参の娼婦。優しく包容力があり、その癒やしを求めて通う指名客も多い。アーロウらの母親代わりとして成長を見続けてきたが、病に倒れる。

母親代わり

セリーヌ・ランベール
ルミニエル座の人気女優にして看板娼婦だった、リーアンとアーロウの母親。下町と娼婦の仕事を嫌い、子供たちを捨て、イジョルニ人の奴隷となってノイエレニエから去る。

親子

アーロウ・ランベール
(P80参照)

兄弟

リーアン・ランベール
(P78参照)

愛情

ミラベル・ロランス
アーロウを寵愛する夫人。「救済院に行く」と言ってはアーロウと逢瀬を楽しむ。世間知らずのお金持ち夫人のように見えるが、人物を見る目は確か。

夫婦

ロベール・ロランス
ノイエスト鉄道の重役。男色家だったが、妻ミラベルとの関係は円満。それどころか非常に妻に甘く、どんな頼み事も受け入れた。

苦情

マウロ・ゲイジ
ノイエレニエの下町でパン屋を営む。英雄に命を救われた曽祖父がいるが、『犠牲法』の餌食になることを恐れ、ひた隠しにしている。

親子

ロレイン
真面目で義理堅く、先祖の恩人の命日に花を手向ける心優しい娘。「英雄のことを教えろ」と、リーアンに付きまとわれる。

敵視

人形亭

インガ・クラーボ
人形亭の店主で、ビアンカ座の座長。嘘を並べてレーエンデ人を告発し、小金を稼ぐ悪党としても知られる。ルミニエル座の人気に嫉妬し、アーロウの弱みを握ろうとしている。

人形亭の娼婦たち
劣悪な労働環境、見世物まがいの芝居を強いられている。

舞台『月と太陽』関係者

ミラベル
ルミニエル座の女優。『月と太陽』の初演ではテッサを演じた。

ユアン
ギヨム・シモンを演じるレーエンデ人。劇団一の人気男優だが、ダール村の劇団では照明係だった。

アーロウ
『月と太陽』の初演時は演出家見習いだったが、後にルミニエル座を支える演出家になる。

レーエンデ国物語 夜明け前

The Chronicles of Leende
Before Dawn

レーエンデ国物語
夜明け前

2024年4月17日 第1刷発行
定価2,530円（本体2,300円）
四六変形 576ページ
ISBN 978-4-06-535198-7

装画：よー清水

長時間にわたる過酷な労働はレーエンデ人の心を荒廃させた。
不信と不満が蔓延《まんえん》し、諍《いさか》いや犯罪が頻発した。誰もが
今日を生き抜くのに精一杯で、未来を考える余裕などどこにもなかった。

ストーリー

困ったぞ。
俺、ものすごく、
楽しくなって
きてしまった

地獄とは、こんなにも
素晴らしいものなのですね

そうだ。恨め！　もっと憎め！
私を見ろ！　私だけを見るのだ！

お前は
呪いだ。
存在そのものが悪だ。
生きていることが
罪なのだ！

地獄などない。
始原の海も創造神も
存在しない。
あるのはイジョルニ帝国を
統《す》べる者だけだ。
私こそが神なのだ

あんたは無知すぎる。
ほんと救いようのない馬鹿。
正真正銘、本物の馬鹿

地獄が始まる
君の地獄が始まる

銀夢草の栽培方法を
知りたくはないか？

この先、
何があろうとも、
俺だけは未来永劫《えいごう》、
ルクレツィアの
味方であり続ける
ことを約束します

『山崩れを
起こすには
山頂近くの岩を狙え』
って格言、
聞いたことない？

反省はしても
後悔はしません

愛より強い絆で兄妹は地獄を往く

聖イジョルニ暦八九七年、九歳のレオナルド・ペスタロッチは〝ひと夏の冒険〟を計画する。始祖の血を引く四大名家に生まれ、裕福な家庭に育った彼は、未来の為政者として〝レーエンデ人の善き隣人〟になりたいと強く願っていた。彼は親友ブルーノとともに、レーエンデ人が多く暮らすボネッティの旧市街に繰り出す。夏祭りの華やかな賑わい、そして広場の舞台で『レーエンデに自由を』を朗々と歌いあげる少女の姿に、彼の眼は釘づけになった。

それ以来、レオナルドたちは旧市街に入り浸るようになる。なかでも地元の劇場「春光亭」は、彼らのお気に入り。レオナルドは名作『月と太陽』の台本を読み、その内容に強い衝撃を受ける。レーエンデ人が長年味わってきた苦渋の歴史を知り、ある決定的な事件から「ペスタロッチ家はレーエンデの敵、諸悪の根源だ！」と胸に刻むのだった。

誰にでも秘密はあります。
秘密を握られた
人間は弱いものです

だが、人に評価を委《ゆだ》ねれば己の道を見失う。信念がなければ筋の通ったことは出来ない。お前は一度でも自分の意思で行動したことがあるのか？

ならば働け　働いて金を稼げ

奇跡を起こせ！ それが汝《なんじ》の役目だろうが！

そうだ。謝れ。
最初に謝れ。
にこにこ手を振ってんじゃねぇ。
やあ、久しぶりとか
言ってんじゃねぇ。
グダグダ言い訳すんじゃねぇ。
もう一発殴るか、ああ？

いやだ！ いやだ！

お兄様は戻ってくるわ。夜明けを引き連れて戻ってくる。

丁重に扱え。愚民ども

レオン、君が私達の切り札だ

正義っていうのは欲望を粉飾するための方便だよ。

レーエンデは揺籃《ようらん》だ。
檻《おり》であってはならないのだ

私達は地獄に
行くんじゃない。
私達が行く場所に
地獄を創るのよ

普遍的な正しさは、
僕ら人間には荷が重すぎるね

一方、レオナルドの父ヴァスコ・ペスタロッチは、財力と軍事力を背景に、第八代法皇帝になる。彼は四大名家の一つ、ダンブロシオ家の末娘フィリシアを強引に妾妃《しょうひ》として囲うが、生まれた女児を忌《い》み子として嫌い、シャイア城に幽閉する。

囚われの皇女ルクレツィアは美しく聡明な少女に成長する。彼女は幼くして自らの置かれた境遇、母に対する父の残酷な仕打ちを知り、母とともに城から脱出することを決意する。だが、凶王ヴァスコの手は容赦なく彼女の希望を打ち砕き、右足をも奪う。

聖イジョルニ暦九〇七年、生家から飛び出して市井《しせい》で商売を学んでいたレオナルドは、急遽ペスタロッチ家に呼び戻される。そこで彼は、聖都から追放された異母妹ルクレツィアと初めて対面する。

ここにようやく、レーエンデと〝神の御子〟に希望をもたらす二人が邂逅《かいこう》した。兄は銃を手に取り、妹は冷血の魔女となって、血塗られた道を突き進んでいく。

第一章「年代記」／第四部「レーエンデ国物語　夜明け前」

イメージボード　銀夢草畑

《夜明けが来る！》
《夜明けが来る！》
銀天使が歌う。
数多の蝶が合唱する。
ざわめく羽音に包まれる。
視界が銀に閉ざされる。
まるで大渦の中にいるようだった。
渦に呑み込まれ、すり潰されてしまいそうだった。
──P.244 第三章 嵐来る より

画：禅之助

第一章「年代記」／第四部「レーエンデ国物語 夜明け前」

大陸年表

異母兄妹は異なる道を歩んでいく

〝冷血の魔女〟の暴政は、
レーエンデを沸騰寸前にまで追い込む。
それは最も暗い〝夜明け前〟の時代。

治世	年	月日	事柄
？	七二〇年		北イジョルニ合州国議会、定住ヴァイ族を合州国市民と認める。
	七五二年		大型帆船『ヴェスト号』、グラソン州のグローヴァ港に帰還。ムンドゥス大陸の存在を伝える。
ニコラス・ダンブロシオ	八八八年	八月八日	レオナルド・ペスタロッチ、西教区の司祭長ヴァスコ・ペスタロッチの第一子として生まれる。
	八八七年	八月十日	レオナルド、ボネッティ旧市街の夏祭りでリオーネと出会う。以後、春光亭に通うようになる。
	八九七年	九月一日	レオナルド、リオーネの父から『月と太陽』の譜面と台本を受け取る。それを読み衝撃を受ける。
	八九九年	五月七日	第七代法皇帝ニコラス・ダンブロシオ、病に倒れる。
	八九九年	六月二日	レオナルド、銀夢草の畑に火を放つ。父ヴァスコの怒りに触れ、地下牢に幽閉される。
ヴァスコ・ペスタロッチ	八九九年	秋	ヴァスコ・ペスタロッチ、第八代法皇帝に選出される。レオナルドは恩赦を受ける。
	九〇〇年	十二月十五日	ルクレツィア・ダンブロシオ・ペスタロッチ、天満月の夜に生まれる。
	九〇六年	十一月	法皇帝ヴァスコ、ルクレツィアと、ナダ州の名家の子息ハッジス・ジョルナの婚約を発表する。
	九〇六年	十二月十五日	ルクレツィア、母フィリシアとシャイア城から脱出を試みるが失敗。右足の膝から下を失う。
	九〇七年	七月十日	ルクレツィア、ボネッティのペスタロッチ家に迎えられる。レオナルドと初対面を果たす。
	九〇七年	九月一日	イザベル・ペスタロッチ、ランカスター卿とのカラヴィス畑経営の契約終了。レオナルドに任せる。
	九〇八年	四月一日	レオナルドが経営するテスタロッサ商会に、百名あまりのウル系レーエンデ人労働者が集まる。
	九〇八年	秋	テスタロッサ商会の農場、前年度とほぼ同じカラヴィスの収穫量を得るが、黒字化は果たせず。
	九〇九年	四月	テスタロッサ商会の農場、百五十人超の労働者を集め農地も拡張。同年、黒字化を果たす。
	九一〇年	十一月一日	レオナルド、ランカスター卿にペスタロッチ家への出入りとノルン・アルヌーへの干渉を禁じる。
	九一〇年	十一月二日	レオナルド、ルクレツィアをかつての銀夢草の畑へ連れて行く。そこで蝶の銀天使の声を聞く。
	九一四年	十一月	皇后フィリシア・ダンブロシオ三十一歳、死す。死因は銀呪塊の摂取による急性銀呪中毒。

高まる反発、分裂する帝国

地政学的な変化

新大陸との交易により、聖イジョルニ帝国と北イジョルニ合州国の船乗りたちは、外地で活発な交流を持った。それにより、先進的政治を実現した北イジョルニ合州国への関心が高まる一方で、法皇帝や法皇庁が行う独断政治に対して不満の声が上がり始める。特に帝国の東側、アルモニア州とエリシオン州は独立の気運が高く、東端のナダ州と西のロベルノ州は依然として法皇庁と密接な関係にあった。

いずれにせよ、法皇帝や法皇庁への反逆は「神に逆らうこと」を意味する。レーエンデにおいてクーデターを起こすことは、改革派／保守派、両方の国の敬虔《けいけん》なクラリエ教徒を敵に回すことになりかねない。それがクーデターの大きな抑止力となっていた。その気運を見透かすように、ルクレツィアは北イジョルニ合州国との開戦を着々と進め、各州首長と民衆にさらなる負担を

九一四年	十一月五日	ルクレツィアとレオナルド、皇后フィリシアの訃報を聞いてノイエレニエへ向かう。同日着。
九一四年	十一月六日	法皇帝ヴァスコ、皇后フィリシアの葬儀中に祭壇から落ちる。脊髄を損傷し、四肢の自由を失う。
九一四年	十一月	レオナルド、エルウィンの里長『知られざる者』の一員、ジウ・ドゥ・エルウィンと対面する。
九一四年	十二月	ステファノ、法皇帝ヴァスコから王騎隊隊長に任命される。アリーチェ、死す。
九一四年	十三月	法皇帝ヴァスコ、ペスタロッチ家の家督をルクレツィアに譲る。ボネッティにもその通告が届く。
九一五年	一月一日	ルクレツィア、最高議会にて法皇帝ヴァスコの名代として承認される。
九一五年	一月	ルクレツィア、法皇帝ヴァスコ名義で、カルロ・ロベルノに開戦準備を行うよう書状を送る。
九一五年	二月十五日	ヴィットリオ・フート、不敬罪により犠牲法に処される。『血の四年間』のはじまり。
九一五年	四月	最高議会、人頭税の均一化の新法を発す。以後、民族格差に関する思想統制、軍隊の再編制も決定。
九一五年	九月	イザベル、ノイエレニエでルクレツィアと対面する。ボネッティへの帰郷を促すが拒否される。
九一六年	一月十日	聖イジョルニ帝国、北イジョルニ合州国に宣戦布告。同時にレーエンデにて民兵制度が再開される。
九一六年	三月六日	レオナルド、エル・ビョルンと共にレーエンデを巡る取材旅行に出る。
九一六年	七月	合州国軍が猛反撃。帝国軍が押し戻される。帝国軍の総死者数が五万人を超える。
九一六年	八月一日	北教区司祭長トニオ・リウッツィ、即時停戦を求める。その後、王騎隊に拉致監禁される。
九一七年	四月	聖イジョルニ帝国、戦力、労働力にならない者に安楽死を奨励する『安楽死法』を公布する。
九一七年	五月	聖イジョルニ帝国、歌、楽器演奏、演劇、競技や賭け事を禁止する『娯楽禁止法』を施行する。
九一七年	六月	聖イジョルニ帝国、ほぼすべての食品生産者に課税する『食物税』を施行する。食糧不足が進む。
九一七年	八月一日	レイル市民と学生、トニオ・リウッツィの解放を求めて教会広場で声を上げる。
九一七年	八月二日	ステファノ率いる帝国軍、レイルを包囲し学生に向け発砲。『レイル大虐殺』が起こる。
九一七年	十月八日	法皇帝ヴァスコの忠臣ジュード・ホーツェル、遺体となってボネッティに帰る。
九一七年	十一月	最高議会、十六歳になったレーエンデ人を男女の区別なく強制徴集する『愛国者法』を承認する。
九一七年	十二月	最高議会、レーエンデで採れる石炭と鉄鉱石を帝国軍に無償提供させる『軍備協力法』を可決する。
九一八年	一月十日	ダンブロシオ一族、打倒ペスタロッチを掲げてフローディアで挙兵するが、鎮圧される。
九一八年	七月	最高議会、レーエンデと外地の行き来を制限する『鉄道路法』を改正する。
九一八年	十一月二十日	法皇帝ヴァスコ・ペスタロッチ、衰弱による多臓器不全で死す。
九一八年	十二月八日	レオナルド、ブルーノとともにエルウィンを出る。十五日にノイエレニエに到着する。
九一八年	十三月十五日	ステファノ、第九代法皇帝を戴冠。ルクレツィア十八歳、結婚式のパレード中に狙撃され死す。

課す。反帝国ムードはいよいよ爆発寸前にまで高められていく。

レイル大虐殺

レーエンデ革命史に残る悲劇

聖イジョルニ暦九一七年八月一日、古都レイルの教会広場に千人超の市民が集まった。一年前の最高議会に出席後、行方不明となった北教区の司祭長トニオ・リウッツィ卿の解放を求めるためである。

翌日、事態は一変する。総勢一万の帝国軍がレイルを包囲。市民はバリケードを築き、学生は非武装の〝人の壁〟を組んで、軍と睨《にら》み合った。第一師団第一大隊を率いるステファノ・ペスタロッチ帝国軍最高司令官は、拷問により変わり果てたリウッツィ卿の亡骸《なきがら》を差し出し、民衆を威圧した。レーエンディア新聞社の記者エル・ビョルンによる果敢な公開詰問により、ステファノ司令官はその場でリウッツィ卿殺害を告白。逆上した彼の命令により、帝国軍はビョルン記者もろともレイル市民に銃弾の雨を浴びせた。町は戦場と化し、弾圧による死者は五百人超にまで膨れ上がった（そのうちの大半は学生だったという）。抵抗したイジョルニ人は捕縛されてレーニエ監獄に送られ、レーエンデ人は首に縄をかけられ、教会堂に吊るされたという。

第一章「年代記」／第四部「レーエンデ国物語 夜明け前」

人物の移動

冷血の魔女はシャイア城から火を放つ

ボネッティで育った兄、シャイア城に生まれた妹。
〝神の御子〟と出会い、天命を知ったふたりは、
それぞれの場所で革命前夜の道程を行く。

第一章 レオナルドという少年

西部の大都市ボネッティの名家ペスタロッチ家に生まれた少年レオナルドは、親友たちと、レーエンデ人が多く住む旧市街へ足繁く通うようになる。

第二章 幽閉された皇女

法皇帝ヴァスコ・ペスタロッチと妾妃フィリシアの間に生まれた皇女ルクレツィアは、聖都ノイエレニエのシャイア城に幽閉され育つ。母は城から脱出させようと図るが、失敗。ボネッティに移ることになる。

第三章 嵐来《きた》る

北部の町で事業家としての経験を積む青年レオナルドは、母の呼び出しでレイルから列車に乗り、ボネッティに帰郷。異母妹ルクレツィアと対面。地元で起業する。

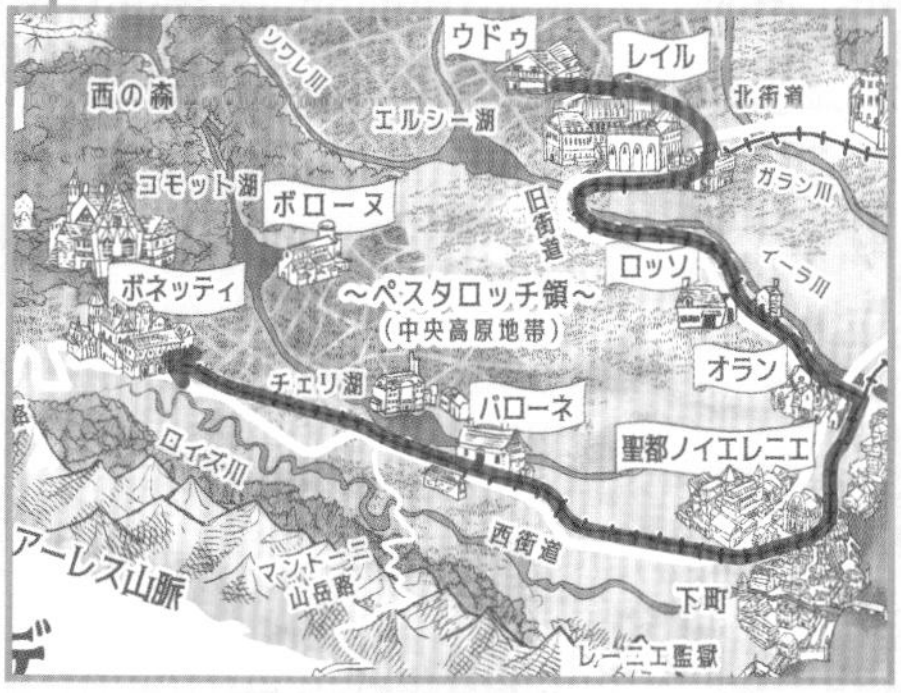

第四章 神の御子

皇后フィリシア死去の報を受け、レオナルドとルクレツィアはシャイア城へ。城の鐘楼の隠し部屋で法皇帝の秘密を知ったふたりは天命を知り、別々の道を行く。

地図：芦刈 将

第五章　十字の刻印

ひそかにボネッティに戻ったレオナルドは、旧市街で反帝国組織と接触。新聞記者ビョルンの案内で西方へ旅立ち、ラウド渓谷路を逸れて隠れ里エルウィンへ。里長ジウと面会する。

第六章　ここに地獄を

シャイア城のルクレツィアは、身体を張った策を弄し、帝国の実質的な最高権力者に。ステファノは王騎隊隊長に就任する。

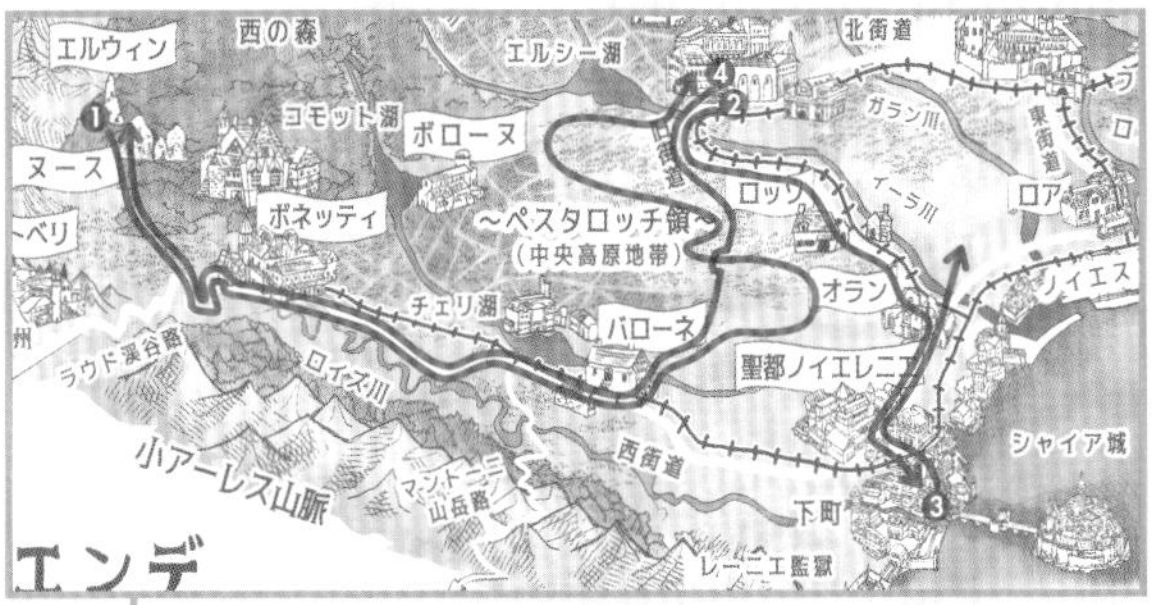

第七章　正義と正義

革命の闘士となったレオナルドは、エルウィンを出てボネッティの実家に立ち寄り、ビョルンと各地の市井を巡る。レイルで帝国軍の大虐殺に遭遇したのち、単身エルウィンに帰還。

第八章　天命

圧政を敷き、合州国との戦争を始め、レーエンデ人を生き地獄へと導いていくルクレツィア。レーエンデの秘密を知った彼女は、ステファノを利用して最後の計画に着手する。

第九章　夜明け前

ヌースで射撃の腕を磨いたレオナルドは、新法皇帝の戴冠パレードという絶好のチャンスに、再び聖都ノイエレニエへ向かう。兄と妹は、ようやく約束の再会を果たす。

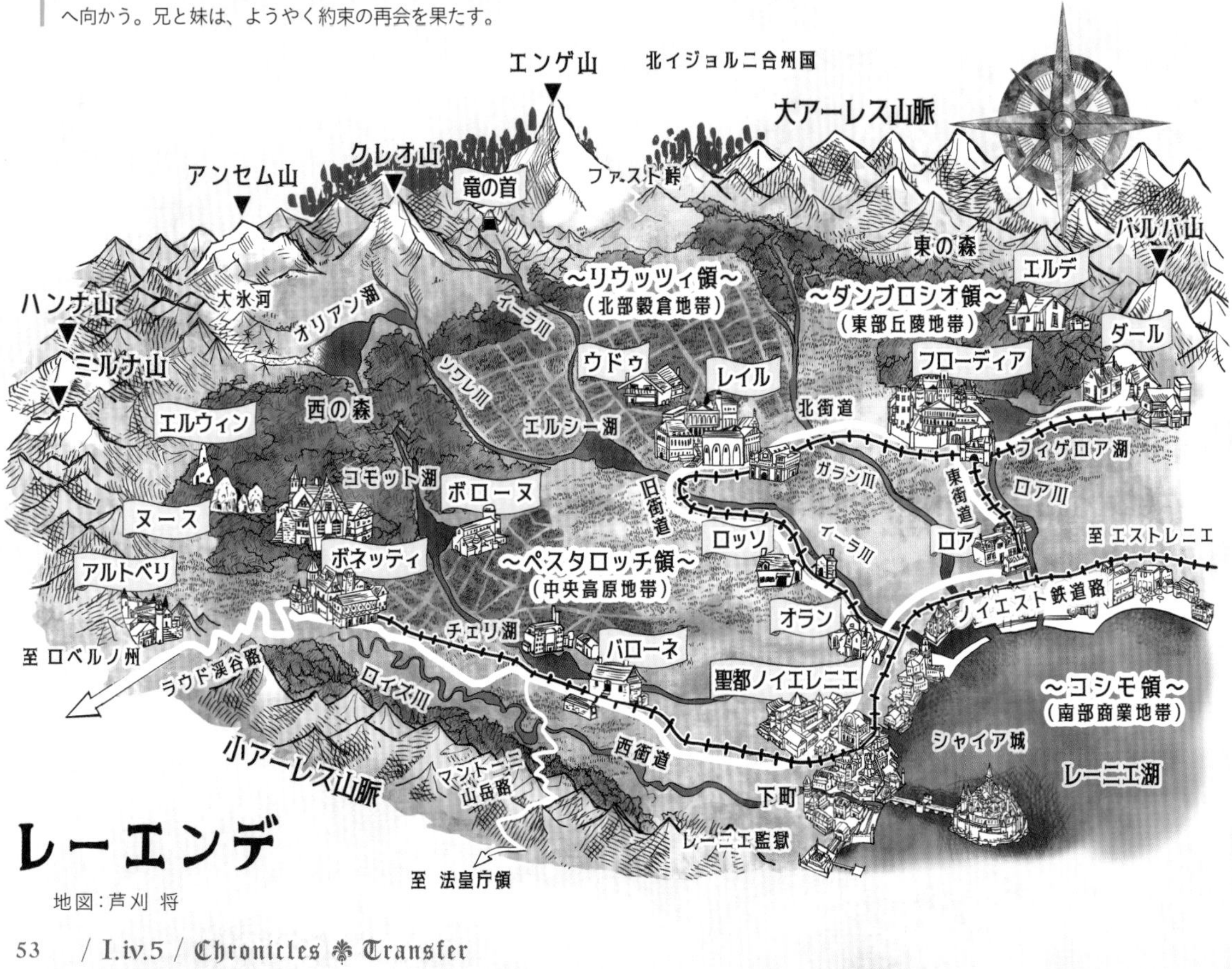

地図：芦刈 将

人物相関図
第一章「年代記」／第四部「レーエンデ国物語　夜明け前」

ペスタロッチ家の家臣

ジュード・ホーツェル
ヴァスコの腹心にして忠臣、そして親友。駆け引きにかけては百戦錬磨の強者でもある。ペスタロッチ家とシャイア城の連絡役も務める。

親子

ブルーノ・ホーツェル
レオナルドの一歳年上の親友。三歳にして母親を亡くす。少年時代から、レオナルド以外のペスタロッチ家の人間には仕えないと語っていた。

親がわり

ティム・クラム
ユノ・クラム
ホーツェル家の使用人夫婦。ブルーノを実の孫以上にかわいがりつつも、甘やかすことなく育て上げた。

シド・サンヴァン
レオナルドたちを教える初老の教師。ペスタロッチ家に出入りする教師のなかでも、一番厳格で怖い。

グラント
ペスタロッチ家の生真面目な執事。久しぶりのレオナルドの帰還に涙を見せるなど、意外に情に篤《あつ》い。

カルロ・ロベルノ
ロベルノ州の首長。保守系のタカ派で、歴史的な理由から合州国とダンブロシオ家を嫌う。イザベルの実父だが、親子の縁は切れている。

親子

イザベル・ロベルノ
ヴァスコの正妻。常に正しさを求め、相手の嘘や偽りを許さず、正論で追いつめる。そうして育てたレオナルドには全幅の信頼を寄せている。

親子

親友

レオナルド・ペスタロッチ
レオン・ペレッティ　(P86参照)

リカルド・リウッツィ
従業員の民族格差を撤廃したエンゲ商会の会長。その経営方針は、レオナルドに大きな影響を与える。

経営

ボネッティ座

リオーネ・ハロン
向こう見ずな性格の少女。レオナルドにとって、初めてのレーエンデ人の友だち。

ミラ
ボネッティ座の座長。情報通で顔が広い。レオナルドにエンゲ商会を紹介する。

テオドール・ハロン
劇作家でリオーネの父。レオナルドに戯曲『月と太陽』やレーエンデについて教える。

ペネロペ
ボネッティ座の舞台監督。のちに演出道を極めるためノイエレニエへ修業に出る。

レーエンディア新聞社

リカルド・ベルネ
レーエンディア新聞社の社長。言論統制下でも輪転機を回し続け、真実を伝え続ける熱血ジャーナリスト。

エル・ビョルン
新聞社の記者にして『知られざる者』。彼との取材旅行でレオナルドはレーエンデの実情を知る。

親子

ウルリカ
銀呪病患者や銀夢煙草依存者は、頭のどこかが始原の海に通じているという仮説を証明しようとする。

テスタロッサ商会

ノルン・アルヌー
ランカスター社からテスタロッサ商会に出向中の会計士。レオナルドと距離を置こうとするが、仕事は優秀。

レイロ・ドゥ・エルデ
カラヴィス農場の農夫。初めはレオナルドに喧嘩腰だったが、のちに理解者に。

ジャイロ
耕作人宿舎で腕を振るう無愛想な料理人。料理で人を笑顔にすることが喜び。

ジウ・ドゥ・エルウィン
『知られざる者』の一員。隠れ里エルウィンの里長。レオナルドに教師の職を与え、真実の歴史を教える。

エリック
ノイエレニエのレーエンデ義勇軍リーダー。第九代法皇帝の戴冠・結婚パレード急襲計画の中心人物。

レーエンデ義勇軍
反帝国組織。百年近い年月をかけて、ノイエレニエの下町に、密かに地下通路を張り巡らせている。

シフ・ランカスター

エットーレの時代から、『ランカスター社』の経営者としてペスタロッチ家の農場と工場の管理を任される。レーエンデ人を酷使する。

エットーレ・ペスタロッチ

ペスタロッチ家の開拓の祖。安価な人件費で外地企業を誘致し、大規模農場を経営。不可能といわれたカラヴィス栽培に成功し経済的に潤う。

親子

夫婦

アリーチェ

マッツィオの未亡人。贅沢暮らしがやめられず、夫の財産を使い果たす。ヴァスコを頼ってボネッティに暮らし、息子を溺愛している。

マッツィオ・ペスタロッチ

ヴァスコの弟。エットーレの財産を兄と引き継ぐが、多くを望まず、田舎に引きこもる。

アルバン・アルモニア

アルモニア州首長の嫡男でフィリシアの許嫁。彼女とは相思相愛だったが、ヴァスコに捕らえられ、残忍な方法で殺される。

兄弟

愛情

忠臣

親子

フィリシア・ダンブロシオ

ダンブロシオ家の末娘。皇后であるが、法皇帝ヴァスコにより暴力的に支配されている。敬虔《けいけん》なクラリエ教徒で娘を心から愛している。

ヴァスコ・ペスタロッチ

西教区司祭長、のちに第八代法皇帝。私設軍隊『ペスタロッチ兵団』の軍事力を背景に、保守派を味方につけて勢力を伸ばす。「強さこそが正義」という考えを持っている。

夫婦

親子

ステファノ・ペスタロッチ
(P88参照)

愛情

ルクレツィア・ダンブロシオ・ペスタロッチ
(P84参照)

異母

ダンブロシオ家

ロターリオ・ダンブロシオ

東教区の司祭長。石炭や鉄鉱石など資源に恵まれるが、その勢力をルクレツィアに危険視され、徐々に締め付けられることになる。

コンティ家

サビーノ・コンティ

南教区の司祭長にして、コンティ家当主。権力のおこぼれにあずかるべくルクレツィアに擦り寄る。

ラド・コンティ

サビーノの次男で『レイル大虐殺』後、北教区の司祭長に。教育・文化・新聞社への弾圧を積極的に行う。

ヴィットリオ・フート

コンティ家の傍系フート家の嫡男。最高議会でルクレツィアに盾突き、犠牲法に基づき処刑される。

リウッツィ家

トニオ・リウッツィ

北教区の司祭長。民族格差是正の急進派で、芸術を愛し学問を貴ぶ。エンゲ商会やレーエンディア新聞の活動の後ろ楯にもなっている。

ソリス・リウッツィ

トニオの息子。『レイル大虐殺』後、北教区はコンティ家に支配されるが、密かに反帝国組織の支援を行う。

支援

ニコラス・ダンブロシオ

第七代法皇帝。七十四歳で病に倒れ、しばらく重篤な状態が続いたのち、快気することなく没す。

ローナン

シャイア城を守る王騎隊の隊員。ルクレツィアは、王騎隊の隊員一人ひとりの顔と名前を覚えている。

エドアルド

銀の翼、嘴、目を持つウロフクロウの銀天使。ルクレツィアから敬《うやま》われている。時の潮目に現れ、メッセージを残していく。

ハッジス・ジョルナ

ヴァスコがルクレツィアの婚約者として決めた人物。外地のナダ家、それも傍系の生まれで三十歳。

原初の『レーエンデ国物語』のかたち

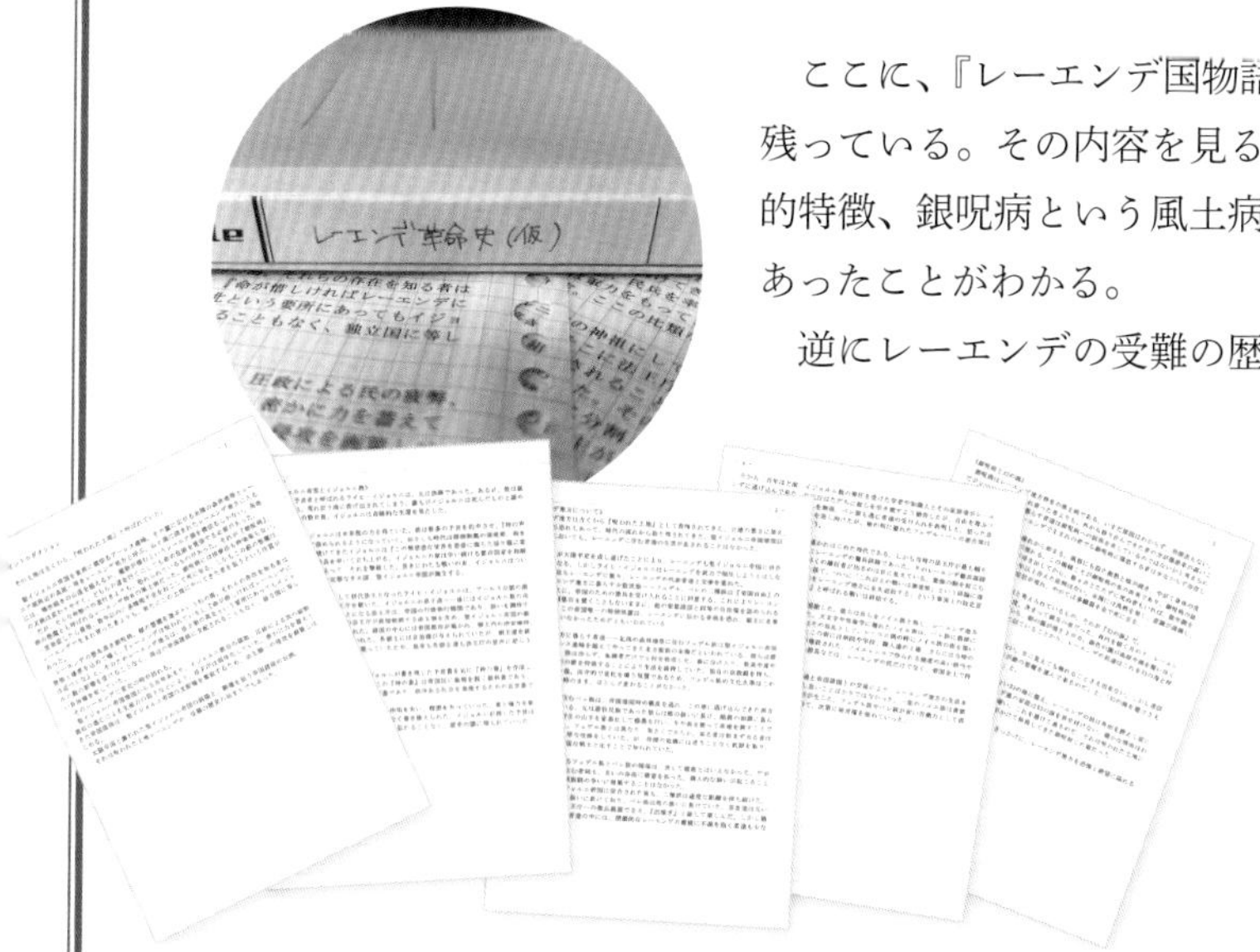

ここに、『レーエンデ国物語』が最初に構想されたときのメモが残っている。その内容を見ると、このとき既にレーエンデの地理的特徴、銀呪病という風土病について、解像度の高いイメージがあったことがわかる。

逆にレーエンデの受難の歴史を、弱体化する聖イジョルニ帝国と、台頭する帝国諸侯を背景に描くという骨格は、正編とは異なっている。そのほかにも、イジョルニ教(クラリエ教)の聖典が何度も書き換えられて歴史の闇に埋もれた設定など、法皇庁、宗教についてどう描くかについて変遷があったことが、このメモからうかがえる。

最初期の構想メモより(一部)

❀イントロダクション

その土地は古くから、『呪われた土地』と呼ばれていた。

聖イジョルニ帝国を東西に横切るアーレス連峰。その麓に広がる未開の森林地帯とレーニア湖周辺の高原一帯をレーエンデ地方と呼ぶ。山と湖に囲まれたレーエンデ地方に入るには、難所続きの山道を越えるか、魔物が棲むというレーニア湖を横切るしかない。高地の天候は変わりやすく、どちらの道を行くにしても命の危険を覚悟する必要があった。

だが、そんな命懸けの道行きよりも、恐れられているものがあった。それが『銀呪病』、銀の悪魔とも呼ばれるレーエンデ特有の風土病だった。銀呪病には治療法も特効薬もない。一度発症したら最後、数年以内に多機能不全をおこして死に至る。しかもこの銀の悪魔は、レーエンデで生まれ育った者よりも、新たにこの土地にやってきた者を狙うという性質があった。

レーエンデの悪名高き銀呪病。銀の悪魔を運ぶという幻の海。それらの存在を知る者は畏怖と嫌悪を込めて囁く。『レーエンデは呪われている』『命が惜しければレーエンデには近づくな』と。そのためレーエンデ地方は、法皇領の真北という要所にあってもイジョルニ教の影響を受けることなく、周辺の帝国諸侯に支配されることもなく、独立国に等しい自治権を有していた。

そのレーエンデに変化の時が訪れる。

聖イジョルニ帝国建国から五百年あまり。イジョルニ教会の腐敗、圧政による民の疲弊、農奴の逃亡による生産力の低下などにより、法皇庁は弱体化していた。密かに力を蓄えてきた帝国諸侯は、聖イジョルニ帝国の支配権を奪取するため、法皇領への侵攻を画策しはじめる。

太陽帝国と謳われた聖イジョルニ帝国の斜陽と、覇権を狙う帝国諸侯の台頭。

それは呪われた土地レーエンデの、受難の歴史の始まりでもあった。

Chapter II

Empire

第二章 ✷ 帝国

決して揺らぐことのない
長き帝国支配の中で、
辛酸《しんさん》を舐《な》め続けるレーエンデ人。
宗教と圧倒的な軍事力、
そして未来選択の力を操《あやつ》る
歴代の法皇・法皇帝たち。
その支配の構造を探る。

聖イジョルニ帝国

帝国と支配

予言者を始祖とする聖イジョルニ帝国は九百年以上の歴史を誇る大国である。その最深部はいまだに深い謎と闇に包まれている。

Came from the sea,
Return to the sea.

――海より来たりて海に帰す

【ライヒ・イジョルニ】

聖イジョルニ帝国建国の始祖にして偉大なる予言者。その出自はいまだ明らかではない。一介の漁師だった彼は嵐に呑まれてレーニエ湖に沈み、そこで創造神と出会い、未来視の力を得て地上に戻った。「神の声を聞く者」となったライヒ・イジョルニは、西ディコンセ大陸を平定し大帝国を築き上げる。「海より来たりて海に帰す」という一文を記した帝国の国旗は、大陸統一の際にライヒ・イジョルニが掲げたものである。

イジョルニは広大な帝国領を十二州に分割し、各州の領主に治世を任せた。帝国建国以前から独自の文化を築いてきたウル族とティコ族には自治権を与え、レーエンデの地を保護した。彼の目的は帝国の建国ではなく「揺り籠としてのレーエンデを守り、この地に神の御子を誕生させること」だったとも言われる。聖イジョルニ暦五四二年、予言どおりに神の御子が誕生するが、法皇アルゴ三世のレーエンデ併合により、その未来は極めて不確実なものとなる。

【予言書】

ライヒ・イジョルニの予言書は、聖都シャイアの聖イジョルニ礼拝堂にあるとされている。閲覧が許されるのは歴代の法皇のみ。この予言書は、聖イジョルニ暦三二一年のレーニエ戦役勃発、四〇一年のグァイ族襲来、そして五四二年に「天満月生まれの乙女、聖女ユリアがレーニエ湖の孤島で神の御子を産む」ことなどを言い当てている。しかし、神の御子の誕生後の予言は一切残していない。予言書の最初の言葉は「そうあれかしとの祈りを込めて、未来をここに書き記す」。そして最後に記された予言は「神の御子はレーエンデに光と闇を学び、始原の海へ還りて新たな世界を創造する」。神歴史学者で、神の御子の力の掌握を謀ったノイエ族のエキュリー・サージェスは『ライヒ・イジョルニ　未来視の考察』という著書で「ライヒ・イジョルニの未来視の力とは、すなわち未来選択の力である」と分析した。

【クラリエ教】

創造神《クラリエ》を唯一神と崇める聖イジョルニ帝国の国教。聖地であるシャイア城は、歴代法皇・法皇帝の居城でもある。聖典は始祖ライヒ・イジョルニの予言書をもとに編纂《へんさん》されたもの。教徒は教会堂に集い、『神は見ておられる』を詠唱する。司祭の説法曰く『神は見ておられる。神の御子は見守っておられる。神の奇跡は実在する。神の御名に願いを捧げよ。もっとも信心深い者にこそ、神のご加護は与えられん』。帝国軍兵士に支給される諸刃《もろは》の長剣「創造神礼賛剣」の刀身にも『神は見ておられる』の文字が刻まれている。

【神の御子】

始祖イジョルニの予言書ならびにクラリエ教の聖典、またウル族の伝承にも語り継がれる神秘の存在。実在しないとも、今もシャイア城のどこかにいるとも噂される。世界を変える奇跡の力を持つといわれるが、その正体に触れた者は数少ない。

　聖典の第十三章第一節には、神の御子の誕生が以下のように記されている。「満月の夜、天満月の乙女は創造神に導かれ、始原の海の水底にある銀の天蓋《てんがい》に眠り、神の御子を受胎《じゅたい》する。神の御子は光を得て始原の海へと帰還し、世界と生命を育む新たな創造神となる」

　一方、ウル族の伝承では「満月の夜、天満月の乙女は銀の悪魔に導かれ、幻の海の底にある銀の褥《しとね》に眠り、悪魔の子供を受胎する。悪魔の子供は絶望を得て瓦解《がかい》し、生きとし生けるもの一切を焼き尽くし、この世界を暗黒に沈める」と、正反対の内容となっている。

【法皇庁】

　クラリエ教の最高司祭たちで構成される、聖イジョルニ帝国の行政執行機関であり、諍《いさか》いを調停する最高法廷でもある。その最高議会は始祖ライヒ・イジョルニの血を引く四大名家――リウッツィ家、コシモ（コンティ）家、ダンブロシオ家、ペスタロッチ家に支配されている。

　現法皇が亡くなると、法皇庁が協議して次の候補者を三人選ぶ。そのうちの一人が過半数を得るまで最高司祭たちによる投票が繰り返される。数日で次期法皇が決定することもあれば、意見がまとまらないまま半年が過ぎた例もある。

　継承には血筋が重んじられるゆえ、法皇庁内での権力争いは熾烈《しれつ》を極める。最高司祭たちは始祖イジョルニの血を引く娘を奪い合い、監禁しては妊娠するまで凌辱《りょうじょく》した――など、悲惨な光景も目撃されている。

　炭鉱事業や銀夢草の売買などは、法皇庁の管理下にある。特に、莫大な富を生む銀夢草は大切な収入源のひとつであり、勝手に採取することも売買することも許されない。

【法皇・法皇帝】

　エドアルド・ダンブロシオが制定した法皇帝位は、聖イジョルニ帝国を統率し、最高議会に選帝権がある。

　聖イジョルニ帝国建国当時、始祖ライヒ・イジョルニは法皇に権力が集中することを危惧し、「帝国皇帝は各州の首長から選定すべし」と定めた。だが、法皇庁は十二州の首長たちが国政に口を出すことを嫌い、聖イジョルニ暦五世紀以降はしばらく皇帝の座は空位のまま。北方七州が合州国として独立してからもその状態は続いたが、それでも各州首長から選帝するという原則は、法皇独裁を抑止するブレーキとして機能した。

　しかし、聖イジョルニ暦六七四年、法皇ユーリ五世の後継として新法皇となったエドアルド・ダンブロシオ・ヴァレッティは、選帝侯《せんていこう》を廃止。クラリエ教の法皇と、帝国皇帝を兼任する初代法皇帝の座に就いた。

歴代法皇・法皇帝

始祖
ライヒ・イジョルニ
聖イジョルニ帝国を建てる。
┆
法皇
アツァリー世
天文学や錬金術などの学問を禁じる。
┆
法皇
マーカス二世
│
法皇
アルゴ三世
好戦家。レーエンデを法皇庁領に併合。
┆
法皇
ユーリ五世
男色家。短気で偏屈だったと言われる。
│ 愛妾
初代法皇帝
エドアルド・ダンブロシオ
狂月王。北イジョルニ合州国独立を容認、百年戦争を終結。
│ 兄弟
第二代法皇帝
ルチアーノ・ダンブロシオ
残虐王。『娼館保護法』『犠牲法』を制定する。
│
第三代法皇帝
ネストレ・コシモ
ノイエスト鉄道を完成させる。
┆
第六代法皇帝
フラヴィアーノ・ダンブロシオ
│
第七代法皇帝
ニコラス・ダンブロシオ
│
第八代法皇帝
ヴァスコ・ペスタロッチ
のちにルクレツィアの傀儡となる。
│
第九代法皇帝
ステファノ・ペスタロッチ
もっとも愚鈍な法皇帝と揶揄される。

【五大名家】

ライヒ・イジョルニの血を継ぐ一族。フェルミ家、ダンブロシオ家、リウッツィ家、コシモ（コンティ）家、ペスタロッチ家を指す。フェルミ家は聖イジョルニ暦六六四年を最後に没落、その後は四大名家となる。

五大名家の教区

フェルミ家
（?→没落）

ダンブロシオ家
（東教区→?→東教区）

リウッツィ家
（北教区→反帝国?・）

コシモ（コンティ）家
（東教区→南教区、のちに北教区も）

ペスタロッチ家
（西教区）

※支配した教区は時代により変更があったと思われる。

【フェルミ家】

五大名家のひとつとして権勢を誇るも、聖イジョルニ暦六六四年に起きた東教区司祭長マウリシオ・ヴァレッティ一家惨殺事件をきっかけに没落。最有力容疑者とされたトマス・フェルミは裁判も受けられないまま絞首刑に処され、フェルミ一族は要職を解かれて聖都からも追放された。司祭長マウリシオの息子で、当時、法皇に寵愛《ちょうあい》されたのちの初代法皇帝エドアルド・ダンブロシオ・ヴァレッティが、政敵を排除するために仕組んだ陰謀とも言われる。

【ダンブロシオ家】

初代法皇帝エドアルド、その弟で第二代法皇帝となったルチアーノ、さらに第六代法皇帝フラヴィアーノ、第七代法皇帝ニコラスらを輩出した五大名家のひとつ。また、絶世の美女と謳《うた》われたフィリシア・ダンブロシオは、第八代法皇帝ヴァスコ・ペスタロッチに見初《みそ》められて皇后となり、「冷血の魔女」こと皇女ルクレツィアを出産した（その後、九一四年にシャイア城で死去）。

拠点は東部の大都市フローディア。教区分割統治時代には、石炭や鉄鉱石などの資源に恵まれた東教区を支配した。

ダンブロシオ家には〝影〟と呼ばれる忠実な下僕《げぼく》がいると噂されるが、その正体を知る者は少ない。

【リウッツィ家】

古都レイルを拠点にする名家のひとつ。芸術と文化を愛した平和主義の一族だが、歴史的悲劇の一族としても記憶される。

激動の聖イジョルニ暦六七四年、司祭長マルコ・リウッツィは優れた為政者《いせいしゃ》としてレーエンデ人からも信望を集めたが、反帝国を掲げたティコ族の暴徒により家族とともに虐殺された。聖イジョルニ暦九一七年には、帝国に拉致監禁された司祭長トニオ・リウッツィが無残な遺体となって市民の前にさらされ、「レイル大虐殺」の端緒を開いた。

八〜九世紀の司祭長ミール・リウッツィは、教区分割統治の発案者として知られる。名家同士の権力争いを加速させた制度だが、もともとの理由は「文化や産業の発展」を守るためだった。同じく九世紀の北教区司祭長ルネ・リウッツィは、レイル歌劇場での『月と太陽』初演時、リーアン・ランベールに紋章入りの指輪を渡す（のちにこの指輪はレオナルド・ペスタロッチの手に渡る）。なお、レオナルドが働いていたエンゲ商会のリカルド・リウッツィ会長も、リウッツィ家の類縁である。

【コシモ（コンティ）家】

五大名家のなかでは、権力に擦り寄り、民衆には容赦しない親法皇派。

聖イジョルニ暦七世紀、ヴァレッティ一家惨殺事件のあと東教区の司祭長となったグラウコ・コシモは、村々に重税を課し、炭鉱入手のためにダール村住民を虐殺するなどの暴政を行った。が、英雄テッサ・ダールの一派に暗殺される。

第三代法皇帝ネストレ・コシモは、前法皇帝ルチアーノが推進した鉄道路敷設事業を引き継ぎ、ノイエスト鉄道の完成に貢献。一方、鉄道路敷設によって栄えた南教区を与えられたコンティ家は、法皇庁内での権力を増していく。当主サビーノ・コンティは、権力に媚びへつらう俗人ぶりをルクレツィアに買われ、親戚関係にあるフート家の者すら見限って忠誠を示す。レイル大虐殺のあと北教区司祭長に就任したラド・コンティは、リウッツィ家が保護してきた芸術・文化・報道などの自由を容赦なく剝奪《はくだつ》した。

【ペスタロッチ家】

武闘派として百年戦争で活躍した五大名家のひとつ。聖イジョルニ暦六七五年の停戦後はその威光を失い、九世紀から始まった教区分割統治では、収入源もなく開発からも取り残されていた西教区を押しつけられてしまう。

しかし、商才に長けた当主エットーレ・ペスタロッチは、人件費の安さを売りにして外地企業を誘致。カラヴィスならびに銀夢草栽培を成功させ、勢力を拡大した。そこで築いた圧倒的財力と、政治中枢への影響力は、後継者ヴァスコ・ペスタロッチが第八代法皇帝へと登りつめる基盤ともなった。

第九代法皇帝ステファノ・ペスタロッチは「史上最も愚鈍な法皇帝」の異名を持つが、その就任劇の裏には、実質的権力者だったルクレツィア・ペスタロッチの暗躍があった。いずれにせよ帝国末期を暴政と流血で染め上げた一族として悪名高い。

【南方五州】

西ディコンセ大陸の帝国領は、聖イジョルニ暦五七五年の「北イジョルニ合州国独立宣言」を機に、南北に分断、百年戦争に突入する。大アーレス山脈より南側の（すなわちレーエンデ側に位置する）ロベルノ、ゴーシュ、アルモニア、エリシオン、ナダの五州は、もともと親法皇派だった。

のちにルーチェが西の司祭長ペスタロッチの屋敷で見つけた歴史書によれば、ロベルノ州は厳しい戦況のなか「神の恩寵《おんちょう》」により奪還した土地であるという。聖イジョルニ暦六七五年の不可侵協定の際、ゴーシュ州は分割譲渡された。

八世紀以降、新大陸の発見により交易が開始されると、外の世界の情報が入ってきたことで帝国領内にも徐々に反帝国ムードが育まれ始める。なかでも、アルモニアとエリシオンの二州は独立を求める改革派として存在感を示していく。アルモニアでは、首長の嫡男《ちゃくなん》アルバンが当時の法皇帝ヴァスコ・ペスタロッチによって残虐に処刑されたという噂もあり、その遺恨が帝国打倒の気運を招いたことは想像に難くない。

【北方七州（のち北イジョルニ合州国）】

大アーレス山脈により隔てられた北方七州（シュライヴァ、マルモア、レイム、ツィン、オール、フェルゼ、グラソン）は、聖イジョルニ暦五四二年の法皇アルゴ三世によるレーエンデ侵攻、帝国軍の武力支配を公然と非難。ヘクトル・シュライヴァを長とし、レーエンデ解放を求めて真っ向から帝国に挑んだ。この「北方七州の乱」と呼ばれた戦いは、五五三年のヘクトルの病没により終結する。

ヘクトルのあとを継いで州首長となり、のちに「レーエンデの聖母」と慕われたユリア・シュライヴァは、夫ゼロア・マルモアの類縁を基盤に諸侯との関係性を深め、二十余年に及ぶ粘り強い交渉の末、北方七州の結束を実現。聖イジョルニ暦五七五年、ついに「北イジョルニ合州国」として帝国からの独立を宣言する。

当然ながら帝国はこれを認めず、逆賊ユリア・シュライヴァ抹殺のため、レーエンデ人の民兵を多く含む軍勢を派遣。西ディコンセ大陸は百年戦争に突入する。聖イジョルニ暦六七五年、初代法皇帝エドアルド・ダンブロシオ・ヴァレッティにより不可侵協定が結ばれ、不毛な戦いは終わりを告げた。

合州国は新たにモーストを加え、八州に。すでに民衆代表による合議制政治を実現していたことが、独裁政治から抜け出せない聖イジョルニ帝国の人々に大きな驚きを与えた。

しかし、聖イジョルニ暦九一六年、帝国の実権を握ったルクレツィア・ペスタロッチは合州国に宣戦布告。またしても戦争の時代が幕を開ける。

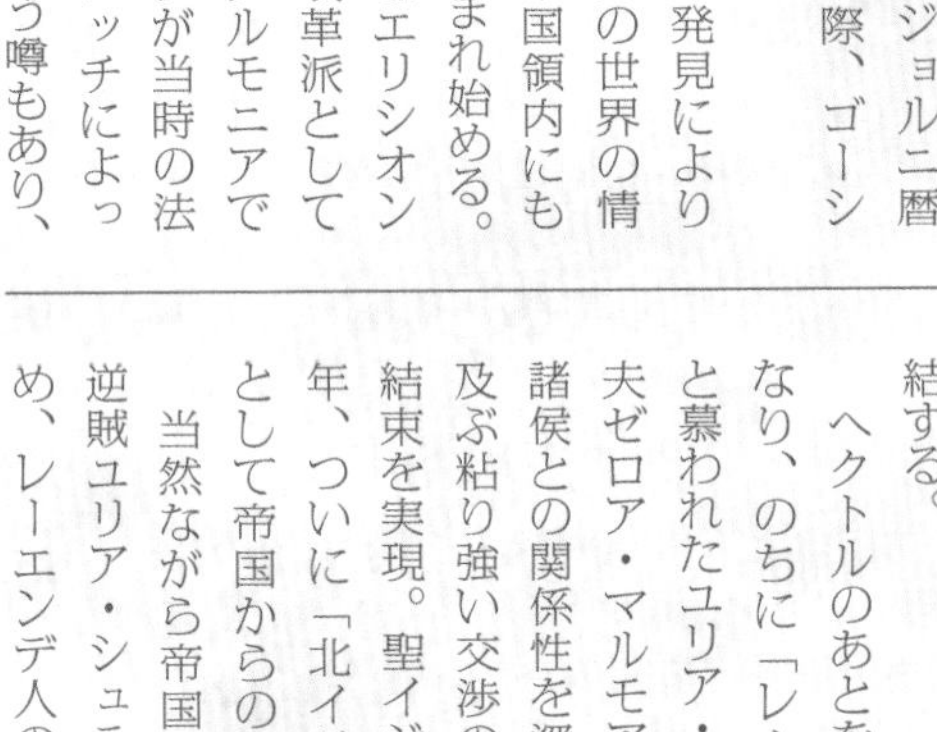

聖イジョルニ暦七〇〇年代ごろ

聖イジョルニ帝国

軍事

聖イジョルニ帝国は宗教国家である。その教会の威光のもと、強大な軍事組織を形成している。

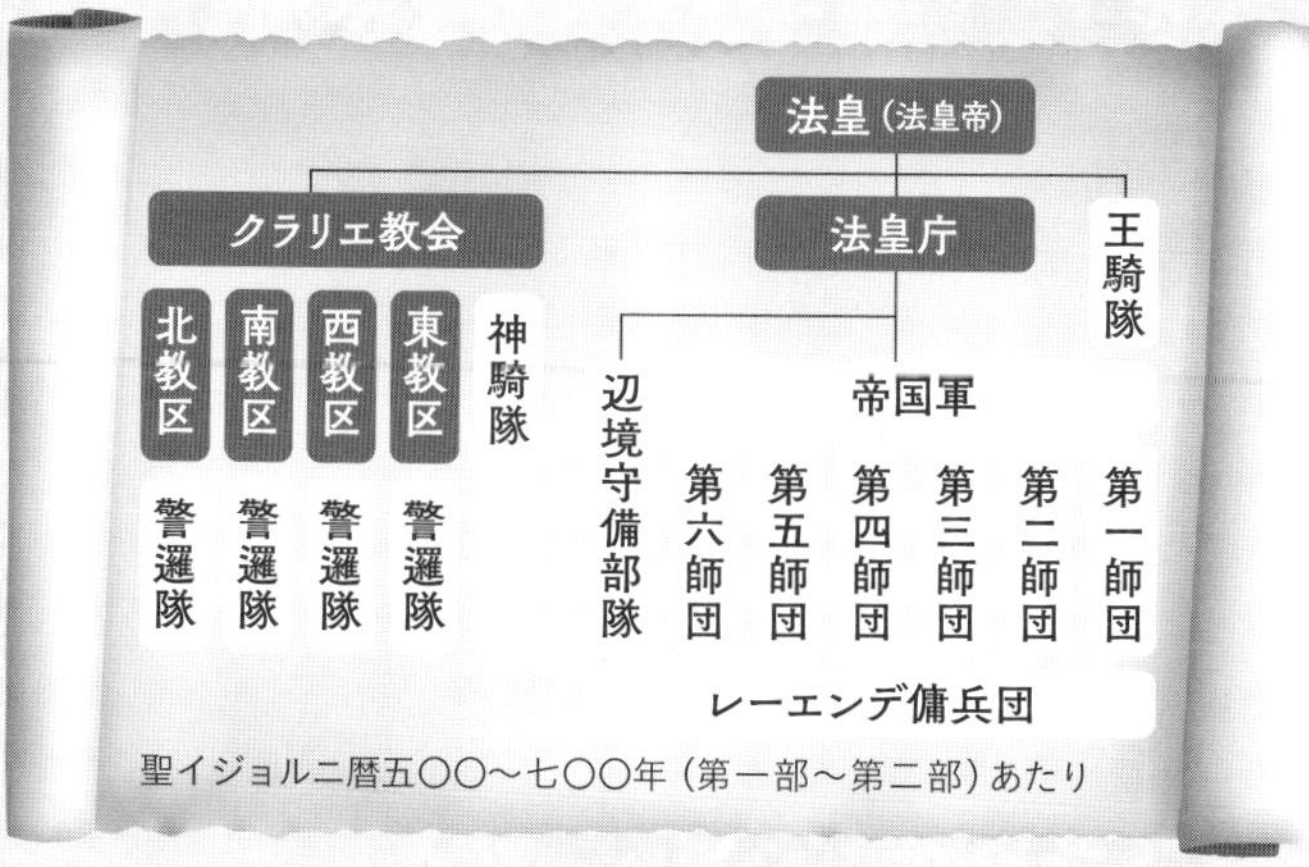

【王騎隊】

法皇・法皇帝直属の騎兵隊。帝国一の精鋭部隊として知られ、シャイア城ならびに法皇の守護・警備に当たる。謀反人の捕縛や監視役なども務め、テッサ・ダールのシャイア城への護送、トニオ・リウッツィ卿の拉致などに立ち会った。

【帝国軍第一師団 第一大隊】

栄光ある帝国軍最強の軍団。第八代法皇帝ヴァスコ・ペスタロッチの私設軍隊ペスタロッチ兵団が、帝国軍に編入された際、その栄誉ある名称を引き継ぐ。北イジョルニ合州国との二度目の戦争時には、レーエンデの治安維持の任務に当たった。

第九代法皇帝ステファノ・ペスタロッチが指揮官に任じられていたとき、古都レイルにて多数の無辜《むこ》の市民を虐殺した。また、打倒ペスタロッチを掲げたダンブロシオ家を粛清するため、フローディアの街に火を放った。

【帝国軍第二師団 第一大隊】

百年戦争で勇名を馳《は》せた帝国軍部隊。「逆賊は容赦なく鏖殺《おうさつ》せよ」が口癖のフレデリコ・フォリーニ師団長が自ら大隊長を務め、長槍部隊、鉄砲部隊、弓兵部隊、無敵の騎馬隊などを率いて合州国軍と戦った。

師団長直下の親衛騎士団は深紅の大旗を掲げ、戦場でその存在感を誇示する。その旗には金の飾り文字で「Came from the sea, Return to the sea.（海より来たりて海に帰す）」と記されている。これは始祖ライヒ・イジョルニが西ディコンセ大陸統一の際に掲げた聖イジョルニ帝国の国旗で、輸送部隊もこの旗を掲げて帝国の威光を見せつける。

【帝国軍第二師団 第二大隊第九中隊】

百年戦争末期に活躍した「斬り込み中隊」の異名をもつ精鋭部隊。蛮《ばん》勇《ゆう》の荒くれ者どもが隊員として揃っていたことで知られ、ファガン平原やバルナバス砦など、数々の激戦地で輝かしい戦績を残した。

中隊長ギヨム・シモンは軍人としてはルーズな性格だが、隊員からの信頼は厚い。「人生は命あっての物種」という信念を貫き、軍紀や勝利よりも生き延びることを優先させる。また、フォリーニ師団長を殴り飛ばすなど、問題行動もたびたび起こしている。

第九中隊の名は、革命の英雄となるテッサ・ダールを一人前の戦士に育てた部隊としても知られている。のちに、シモン中隊長は第九中隊を率いてレーエンデ義勇軍制圧の任務に当たり、アルトベリ城でかつての部下テッサと一騎打ちの末に命を落とすことになる。

【帝国軍第六師団 レーエンデ部隊】

レーエンデ傭兵団の兵士で編制さ

※軍の編制については、時代によって変更されたため、その解釈はさまざまある。

れた帝国軍部隊のひとつ。聖イジョルニ暦六世紀前半、ウル族のトリスタン・ドゥ・エルウィンが配属された際には、法皇庁に所属する最高司祭の身辺警護が主な任務だった。しかし、法皇アルゴ三世の命により、東方砂漠遠征の先発隊として出征。ヤウム城砦《じょうさい》でグァイ族と壮絶な死闘を繰り広げた。

このときの隊長は、ティコ族のロマーノ・ダール。数年後、彼は戦場で共闘したトリスタン、ヘクトル・シュライヴァと再会し、レーエンデの交易路建設計画に参加する。

【辺境守備部隊】

百年戦争よりも前の帝国十二州時代、レイム州と隣接する東方砂漠にて哨戒《しょうかい》任務に当たっていた帝国軍部隊。グァイ族の襲撃など、危険と隣り合わせの任務であるため、敬遠する者が多かった。

のちに北方七州をまとめ上げたユリア・シュライヴァの働きかけで、レイム州と東方砂漠の隣接地には緩衝《かんしょう》地帯が設けられ、そこに一部のグァイ族が定住。やがて彼らは国境の防人《さきもり》となり、かつては敵として恐れられた人々が辺境守備部隊の役割を担うようになる。

【警邏《けいら》隊】

帝国領内の治安維持のために目を光らせる、イジョルニ人の警邏兵。汚職や恫喝《どうかつ》などは当たり前、権力を盾に我が物顔で振る舞う。帝国刑法はイジョルニ人を守るために作られているため、レーエンデ人の訴えには耳を貸さず、レーエンデ人の命が奪われたところで目もくれない。

反帝国分子の摘発、法令を破ったレーエンデ人の逮捕と処罰、銀夢草の密売・密輸の取り締まりなども行う。「幻の海」と呼ばれる銀呪結晶の売買も取り締まっているが、中毒者を増やさないためではなく、法皇庁が権利を独占する銀夢煙草の市場を維持するためであった。ゆえにレーエンデ人の中毒者がいくら出ようと、彼らは関知しない。

【神騎隊】

クラリエ教会が所有する軍隊。各教区の司祭長に仕え、教会の利益のためならどんな暴力的弾圧も辞さない「神の使い」として恐れられている。

特に、聖イジョルニ暦六七二年に起きた、東教区司祭長グラウコ・コシモの命令によるダール村での虐殺行為は悪名高い。警邏隊と同じく、傍若無人な振る舞いで民衆から疎《うと》まれ、その蛮行《ばんこう》の数々は徐々に反帝国の気運を高めていく。

逆に、聖イジョルニ暦九一七年の「レイル大虐殺」の際には、北教区司祭長トニオ・リウッツィの屋敷に市民が逃げ込み、神騎隊と帝国軍が銃を向け合って対峙するという珍しい光景が見られた。

【レーエンデ傭兵団】

聖イジョルニ暦五世紀ごろ、「帝国の穀物庫」と呼ばれるレイム州へのグァイ族襲撃をきっかけに、帝国では武力強化のために傭兵団が生まれた。その多くは強盗略奪を生業《なりわい》とするような無法者の集まりだった。

その点、レーエンデ人の傭兵たちは主君に命を捧げる忠実で勇敢な兵士であったため「レーエンデ傭兵団は騎士の魂を持つ」と謳《うた》われた。一時は各州首長たちがこぞって彼らを雇い、帝国領内の内戦でレーエンデ人同士が戦場で対峙するという皮肉な状況が生じるようになる。そこでレーエンデ傭兵団は「我らは一団、雇用主もただ一人」という掟を掲げ、クラリエ教の歴代法皇を唯一の雇用主とする契約を百年ほど続けた。

故郷を飛び出し、外地で見聞を広めたいレーエンデの若者たちにとっては憧れの存在でもあった。だが、入団を希望しても入れるとは限らない狭き門である。そのうえ、ひとたび任務に就けば帝国兵と同等の、あるいはそれ以上の働きが求められる。戦場では苛酷《かこく》な命令を下され、捨て駒扱いもされる。トリスタンも、トリスタンの母親もそんな傭兵のひとりだった。

聖イジョルニ暦六世紀半ば、レーエンデ傭兵団は法皇アルゴ三世の命で東方砂漠に送り込まれる。彼らは援軍や補給もないまま、最後まで気高さを失わず戦い続けて壊滅。彼らの帰還を待ち望んでいたレーエンデの民は、服従を求める帝国軍に対して必死の抵抗を続けたが、それもやがて力尽きる。ティコ族は帝国の支配を受け入れ、ウル族は古代樹の森に立てこもり、共闘したこともある両種族は分断されてしまう。

反帝国組織

【レーエンデ義勇軍】

聖イジョルニ暦七世紀、ティコ族の元傭兵テッサ・ダールが立ち上げた反帝国軍。「レーエンデに自由を」というスローガンを掲げ、帝国軍補給部隊を次々と強襲、難関アルトベリ城も制圧した。「フローディア立志団」や「レイル勇士軍」など各地の同志を集め、聖都決戦に備える。しかし初代法皇帝エドアルド・ダンブロシオの就任を機に失速。テッサは自ら投降し、シャイア城の磔刑台《たっけいだい》で処刑された。後年、その史実は戯曲『月と太陽』の題材になり、レーエンデ義勇軍の名は反帝国地下組織の呼称として受け継がれていく。

聖都ノイエレニエで反帝国運動を継続していた彼らは、聖イジョルニ暦九一八年のレオナルド・ペスタロッチによるルクレツィア暗殺計画にも協力する。

【レーエンデ解放軍】

百年戦争時代、西の森を拠点に活動した反帝国組織。打倒帝国、レーエンデ解放を標榜しながら、その実態は盗賊行為を繰り返す荒くれ者の集団だった。頭目《とうもく》のセヴラン・ユゲットは帝国側と裏で通じており、一時は義勇軍に協力しながら最後には帝国への恭順をテッサ・ダールに持ちかける。

【北イジョルニ合州国軍】

聖イジョルニ暦五七五年、北方七州は北イジョルニ合州国として独立を宣言。帝国軍に対抗するべく軍隊を編制し、長きにわたり一進一退の戦いを繰り広げた（一時は合州国軍が優勢になるも、神の御子の「恩寵」により帝国側が盛り返すという不毛な展開が繰り返された）。聖イジョルニ暦九一六年、帝国は再び合州国に宣戦布告。大陸を二分する戦いに、合州国軍も再度集結する。

合州国独自の武器に、槍の穂先と斧の刃を併せ持つ「槍斧《そうふ》」がある。百年戦争末期、帝国側のレーエンデ人傭兵がこれを奪って戦い「槍斧の蛮姫《ばんき》」と呼ばれ恐れられた。のちにレーエンデ義勇軍を率いることになるテッサ・ダールである。

【シュライヴァ騎士団】

帝国十二州時代、帝国最強と謳われたシュライヴァ州の騎士団。頑強な軍用馬フェルゼ馬を駆り、槍と大剣で敵の軍勢をなぎ倒し、グァイ族と熾烈な死闘を繰り広げた。

当時の首長ヴィクトルは、法皇庁の要請に応じ、東方遠征に騎士団を積極的に送り出した。グァイ族の拠点を叩き潰す対価として多額の報酬を得て、シュライヴァ州は帝国領内で最強の権勢を誇る州となる。しかし、その報酬のほとんどは軍備強化に費やされ、シュライヴァの民は長年貧しい生活を強いられた。その一方で、ヴィクトルの実弟、騎士団長ヘクトル・シュライヴァは、部下からの絶大な信頼を集め、また人民にも愛された「英雄」だった。

騎士団の軍紀は厳しく、団長の命令は絶対。逆に、団長以外からの命令には決して従わない。のちにヘクトルがレーエンデ解放を求めたときは、帝国軍にさえ刃を向けた。

【ペスタロッチ兵団】

始祖ライヒ・イジョルニの血を引く名家のひとつ、ペスタロッチ家の当主ヴァスコ・ペスタロッチが私財を投じて設立した私設軍隊。初代法皇帝時代に分割譲渡された旧ゴーシュ州南部一帯を武力により制圧し、「強い帝国の復権」を求める層から大いに支持を獲得する。北イジョルニ合州国との開戦を避けるべく撤退を求めた法皇庁にも逆らい、その後も実効支配を継続した。

ルクレツィアが帝国の実権を握り、合州国に宣戦布告すると、拠点を聖都ノイエレニエに移し、栄誉ある帝国軍第一師団第一大隊の名称を引き継いだ。レーエンデの治安維持に当たるが、レイル大虐殺をはじめ、各地で非道な行いを繰り広げる。

【ラウル傭兵団】

マルモア州に根城を置く傭兵団。手首に入れたオネキツネの刺青が団員のトレードマーク。

シュライヴァ州の首長ヴィクトルの一人息子ヴァラスに率いられ、シュライヴァ騎士団に見せかけて竜の首を急襲。その裏には、ヴァラスを傀儡にして帝国の実権を握ろうと画策するマルモア州首長ベロア・マルモアの企みがあった。

Chapter III

Characters

第三章 ✦ 人物

歴史に名を残した人。
忘却《ぼうきゃく》の彼方に消えていった人。
英雄として語り継がれる人。
悪党として嫌われ続ける人。
さまざまな人が交差するとき、
物語は輝き始める。
誰ひとり欠けてはならない。

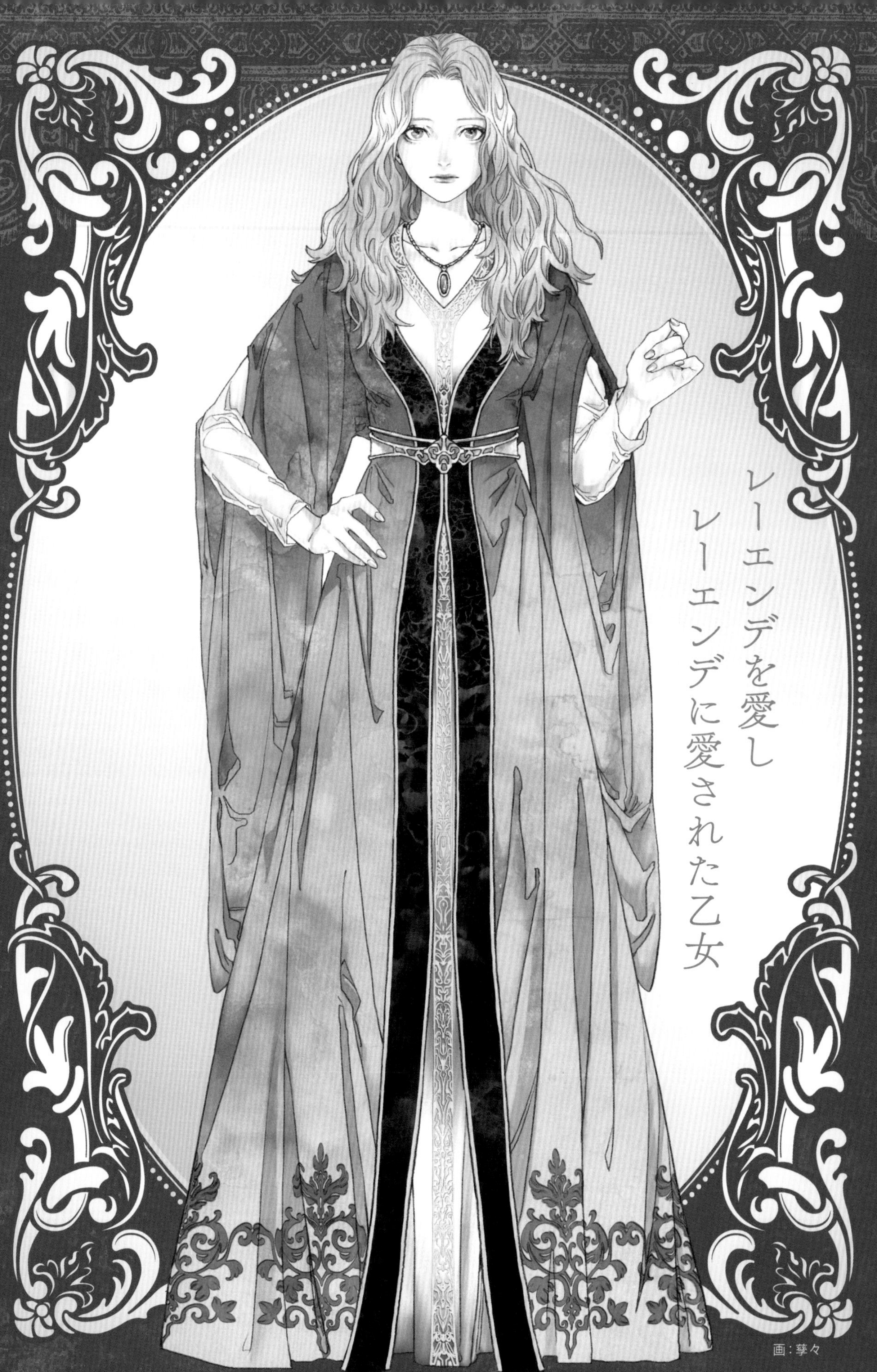
レーエンデを愛し
レーエンデに愛された乙女

画：孳々

ユリア・シュライヴァ

Julia Shriver

レーエンデに憧れを抱く、騎士団長ヘクトル・シュライヴァの娘。
大きく歴史を変える宿命を背負った「天満月の乙女」。

【生い立ち】

シュライヴァ騎士団長である父ヘクトル・シュライヴァと、レイム州出身の母レオノーラの間に生まれた一人娘。伯父はシュライヴァ州の首長、ヴィクトル・シュライヴァ。

聖イジョルニ暦五二二年二月十日、天満月の夜に産声を上げた。母レオノーラはユリアを出産した三日後に他界している。

【レーエンデへの思いと宿命】

父ヘクトルが遠征時の思い出話として語るレーエンデの美しい情景に、ユリアは大きな憧れを抱く。十五歳のとき、念願かなってレーエンデの地を初めて訪れた彼女は、我知らず涙を零《こぼ》して「還ってきたのだ」と確信する。それは、のちに知ることになる「天満月の乙女」としての宿命を予感させる感覚だった。

その後もユリアは「幻の海」が出現する夜に赤ん坊の泣き声を聞いたり、泡虫に森の奥深くへ導かれたりと、たびたび神秘的な現象を経験する。レーエンデという土地と共鳴するように、あるいは残酷な宿命に否応なく飲み込まれていくように、その名を歴史に刻む存在となっていく。

後年、ユリアは北方七州を北イジョルニ合州国としてまとめ上げ、民衆に「レーエンデの聖母」と讃えられた。

【性格】

レーエンデに来る前は、どこか人生を諦めたところがあったユリア。裕福だが自由のない環境に生まれ育ち、将来は政略結婚で他家に嫁ぐことも覚悟していた。しかし、伯父とその息子ヴァラス・シュライヴァの強引な策略により、マルモア州首長ベロア・マルモアの後添えにさせられそうになったことや、窮屈な人生から逃げ出したいという切実な願いが、彼女をレーエンデへと向かわせることになる。そしてトリスタンとの出会いが、彼女に「自由に生きていいのだ」という気づきを与える。

お城育ちの令嬢だけあって、普段は品よく清楚で控えめだが、強情さも秘めている。父ヘクトルやトリスタンにも真っ向から意見する芯の強さ、愛する者を守るために全力を尽くす逞《たくま》しさも持ち合わせている。父のことは愛してやまないが、その身を心配するあまり、言葉が強くなることもしばしば。

【生涯に一度の恋】

トリスタンのことを思うと胸に去来する苦しみ、痛みの正体に、ユリアはなかなか気づかない。というのも、恋とは甘く幸福なものだと信じていたから。親友のリリスに指摘されて、ようやく自分の感情に向き合いはじめる。しかし、レーエンデの地に恋していた彼女は、トリスタンと初めて会ったとき、すでに「この人はまるでレーエンデそのものだ」と直感していた。それはつまり明白すぎる「恋」の始まりであり、目を背けることのできない「運命」だった。

情に触れて心を開き
命を賭して愛する者を守る
画：孳々

トリスタン・ドゥ・エルウィン

Tristan du Elwynn

古代樹の森で孤高に生きる、元傭兵でウル族の射手。
シュライヴァ父娘と深い絆を結び、命を懸けて戦う。

【生い立ち】

ウル族の傭兵だった母のもとに生まれる。黒髪と浅黒い肌はウル族には珍しく、おそらく東方砂漠で母を連れ去ったグァイ族の血を引いていると思われる。その出自のため、故郷の村では蔑《さげす》まれ、劣等感と反抗心を抱いて育つ。

幼い頃、「幻の海」に呑まれて銀呪病に罹《かか》る。母親に家を閉め出されたことが原因だった。トリスタンが七歳のとき、母は軍務に復帰し、東方砂漠に出征して戻らなかった。

【傭兵時代】

十八歳のときノイエレニエに向かい、母と同じくレーエンデ傭兵団に弓兵として入団。東方砂漠への大遠征に参加し、ヤウム城砦《じょうさい》でグァイ族の大軍と死闘を繰り広げる。絶体絶命のピンチに陥った部隊を救ったのが、ヘクトル・シュライヴァが率いるシュライヴァ騎士団。この戦いでトリスタンが放った最後の一矢により、ヘクトルは一命を救われる。

優れた射手として活躍するものの、銀呪病を発症し、除隊処分となる。二度と戻らないと誓った古代樹の森へ失意とともに帰郷し、ひっそりと暮らしていた。

傭兵として聖都シャイアにいたとき、法皇庁内の醜い権力争いや、イジョルニの血を引く娘たちへの蛮行《ばんこう》を目撃。一兵卒としての立場上、何もできなかった悔恨《かいこん》を引きずり、帝国にも深く幻滅している。

【シュライヴァ父娘との交流】

若くして隠棲者《いんせいしゃ》のように暮らしていたが、イスマル・ドゥ・マルティンの頼みで、交易路建設の調査にやってきたヘクトル・シュライヴァの案内人をつとめることに。敬愛する勇者との等身大の付き合いを通して、改めて彼の人間性に惹かれ、良きパートナーとなる。娘のユリアとも、ひとつ屋根の下で暮らすうちに距離を縮め、それまで固く閉ざしていた心を徐々に開いていく。やがて彼女の人としての美しさに触れ、守りたいと強く願うようになるが、銀呪病を患うことと、異民族の血を引くコンプレックスから、なかなか愛を伝えることができない。

【性格】

冷静沈着かつストイック、常にクールな態度を貫き、容易に心を開かない。皮肉屋だが、実は感情豊かで、ユーモアセンスも持ちあわせている。ヘクトルの前では軽口を叩き、ユリアには素直に心情を吐露するようになる。

心の奥底で長らく自分を卑下《ひげ》していて、母親に愛されなかったという幼少期の記憶も、それに拍車をかけた。その劣等感が捨て身の行動力と精神力を鍛え上げたのか、戦士としては極めて優秀。ユリアの過酷な運命を知ると、汚名を着せられることも満身創痍《まんしんそうい》になることも厭わず、ひたすら身を挺《てい》して彼女を守り抜くことになる。

料理が上手で、「竜の首」の工事現場では料理人としても厚い信望を集めた。

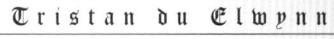

ヘクトル・シュライヴァ

Hector Shriver

名高きシュライヴァ騎士団の元団長。
レーエンデを愛し、交易路建設に全力を注ぐ。

画：孳々

【レーエンデへの愛と別れ】

昔からレーエンデ地方の美しさに魅了され、移住を夢見てきた。交易路建設を任命されたときも、自分を厄介払いしたい兄ヴィクトルの野望と策略に気づきながら、愛するレーエンデのために粛々《しゅくしゅく》と命令に従う。

交易路が開通すれば、貧しい辺境地に経済発展をもたらし、風土病「銀呪病」根絶の足掛かりにもなる。その希望を胸に抱き、持ち前のカリスマ性とリーダーシップをフルに発揮し、大工事を推し進める。

長年、権力からは意識的に遠ざかってきたが、レーエンデ滞在中ついに時局は達し、皇帝となる決心をする。それはレーエンデとの今生《こんじょう》の別れも意味していた。

【家族】

いまは亡き妻レオノーラ・レイムとの間に一人娘ユリアをもうけ、惜《お》しみない愛情を注いできた。ユリアに懇願《こんがん》され、レーエンデへの長旅に同行させるが、常にその身を案じている。多少親バカなところもあるが、トリスタンに信頼を置いてからは、彼と娘の思いを尊重する。

【歴戦の英雄】

帝国最強を誇るシュライヴァ騎士団のリーダーとして、大陸にその名を轟《とどろ》かせた歴戦の英雄。優れた戦略家であり、類《たぐ》い稀《まれ》なるカリスマ性も有する。近年は視力の著しい低下もあり、騎士団からは身を退《しりぞ》いている。実兄ヴィクトル・シュライヴァ州首長の命令で、レーエンデ交易路建設の任に就く。

【城砦マニア】

城砦の建築設計に目がなく、語り出すと止まらないマニアックな一面も。数々の名城を築いた天才建築家ダニエル・エルデを敬愛している。堅牢な砦としての機能も兼ね備えた「竜の首」トンネル建造において、創意工夫を凝らした。

リリス・ドゥ・マルティン

Lilith du Martin

思春期まっさかりのウル族の少女。
ユリアと永遠の友情を誓う。

画：孳々

【生い立ち】

古代樹林マルティンで生まれ育ったウル族の少女。父はかつてシュライヴァ騎士団に参加したベテラン傭兵イスマル・ドゥ・マルティン。レーエンデ独特の巨木の洞《うろ》に作られた住居に、父イスマル、異母姉プリムラとその双子の娘たちとともに暮らしている。

ウル族には珍しい、美しい黒髪の持ち主。本人はそれが気に入らず、トリスタンほどではないが、まわりと違うことに微《かす》かなコンプレックスを抱いていた。

【ユリアとの友情】

働き者で面倒見がよく、明るく裏表がない。よく笑い、よくしゃべる快活な性格だが、当初よそ者のユリアに対してとげとげしかった。その原因が些細な嫉妬と誤解だとわかってからは、引き絞った矢を放つようにユリアとの距離を詰め、親友になる。十代の思春期同士、恋愛話もためらいなく語り合うようになり、ユリアのトリスタンへの切ない恋心もすぐに見抜いた。

のちに二人はエルウィンで同居生活を始め、その後は銀呪病患者の療養所「森の家」で、一緒に住み込みで働くようになる。

ユリアが「神の御子」を身籠《みご》もったときも、悪魔の子を宿したと叫んでパニックに陥った姉のプリムラやマルティンの人々とは違い、友情を貫き通した。永遠の絆を誓った夜、ユリアから譲り受けた月光石のお守りはその後、黒髪のウル族に代々受け継がれていくことになる。

【恋】

美青年のサヴォア・ドゥ・マルティンに片思いしていたが、夏至祭での彼の思いやりに欠けた乱暴な振る舞いに幻滅し、あえなく失恋。その後、ありのままの彼女を愛するホルト・ドゥ・マルティンと惹かれ合っていく。

ルーチェとルチアーノ
ふたつの運命に引き裂かれて
画：孳々

ルチアーノ・ダンブロシオ・ヴァレッティ

Luciano d'Ambrosio Valetti

幼くして別人として生きてきた、若き革命の軍師。
一途な愛を貫きながら、憎しみに呑まれていく。

【生い立ち】

聖イジョルニ暦六五六年、東教区の司祭長マウリシオ・ヴァレッティと、始祖ライヒ・イジョルニの血を引くダンブロシオ家の末娘クラリッサの間に生まれた男子。聖都ノイエレニエに暮らす十歳違いの兄エドアルドがいる。

幼いころはフィゲロア湖畔の屋敷で裕福に暮らしていたが、七歳のとき、謎の襲撃者が両親や使用人たちを殺害。のちにイシドロと名乗る覆面の男に助けられ、身分も名前も記憶も捨てろと言われてほうほうの体《てい》で古代樹の森へと逃げ込む。そこでティコ族の少女テッサに助けられ、とっさに使用人の息子ルーチェの名前を名乗り、別人として生きる道を歩み始める。

【性格】

幼少時に味わった理不尽で悲惨な体験のせいか、「正しい行い」をしたいという思いが人一倍強い。同時に、己の正義を信じて突っ走る性格は、どこか危うくもあった。その横暴や不正を許してはならないという信念が、ダール村の虐殺という悲劇を招き、ルーチェの理想主義を完膚なきまでに叩きのめす。そこで生まれた弱者を蹂躙《じゅうりん》する権力への怒りと憎しみは、彼を革命へと衝き動かす原動力となっていく。しかし、その憎悪の矛先《ほこさき》は、後年になって自身の理想を理解しない愚かな民衆へと向けられるようになる。

【才能】

頭の回転が速く、計算能力に優れ、一時はダール炭鉱の出納係《すいとう》も任されて、のちには軍師としての才能も開花させる。好奇心旺盛で適応能力も高く、ダール村や隠れ里エルウィン、アルトベリ城下の娼館「春陽亭」でも巧みにその場に溶け込んでみせた。「春陽亭」での諜報《ちょうほう》活動の際には、看板娘の三姉妹にかわいがられるなど、女子ウケのよさも発揮。このときの親交が、のちの「娼館保護法」制定につながる。

力強く理論的な言葉で周囲を説得し、人々に行動を促す演説家としての才能も持っている。ときにはそれが悲劇を招き、またあるときには大胆不敵な作戦を成功に導くなど、その能力は諸刃《もろは》の剣《つるぎ》でもある。

【テッサへの愛】

ともにダール村で育ったテッサを心から尊敬し、愛している。「春陽亭」でシーラたちに誘惑されても、頑なに断りつづけた。

誰よりもテッサの内面の美しさを知っていると自負し、彼女の強さに追いつくため、自分に磨きをかけてきた。

そしてルーチェは、レーエンデ義勇軍の軍師として、レーエンデを解放するために数々の作戦を立案。しかし、彼が本心から守りたかったのはレーエンデの地や民ではなく、テッサその人だけであった。そんなテッサへの愛は、理想から最も遠い形で終局を迎え、その絶望的喪失はルチアーノを〝残虐王〟へと導いていく。

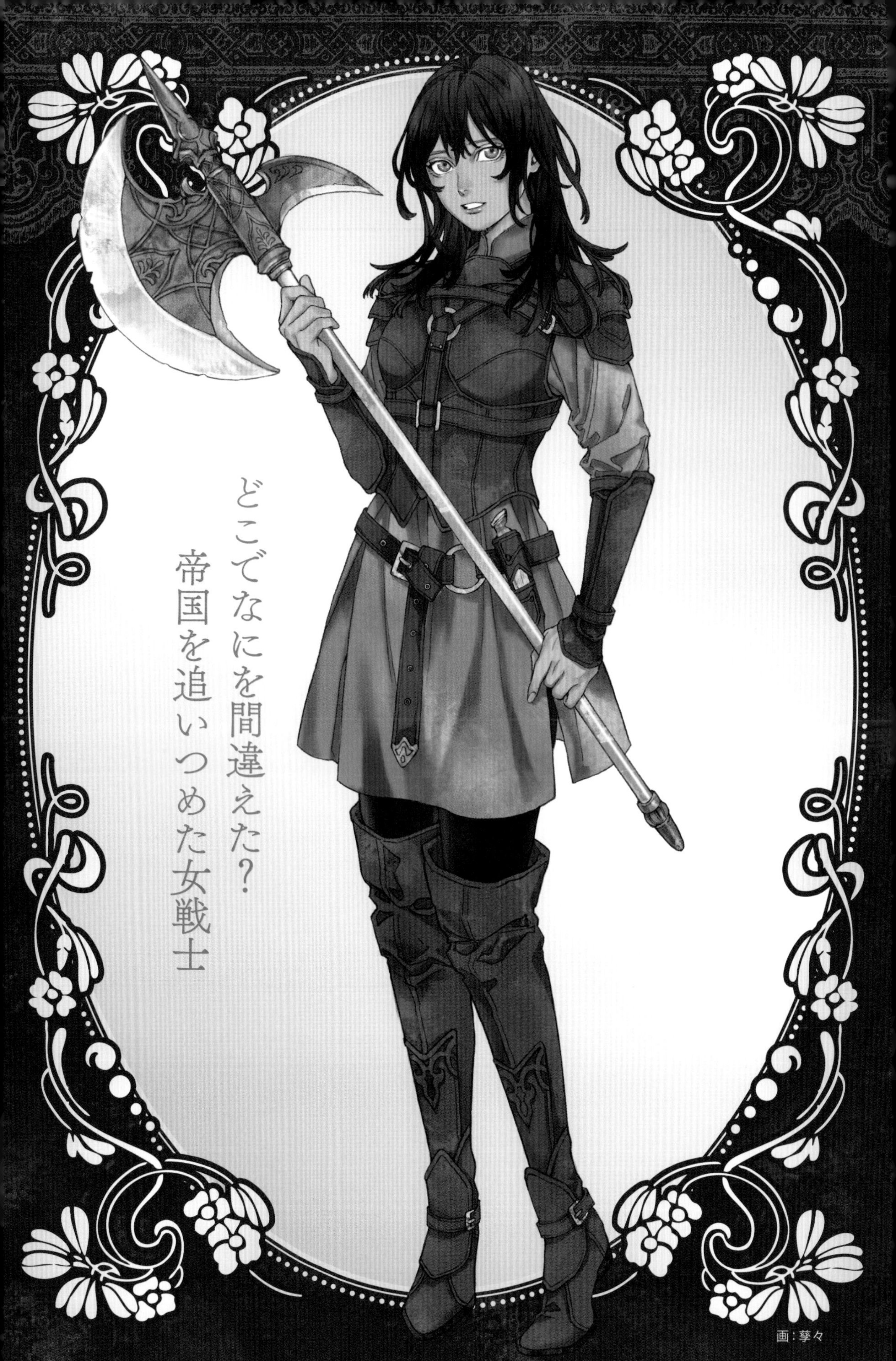

どこでなにを間違えた？
帝国を追いつめた女戦士

画：孳々

テッサ・ダール

Tessa Dahl

「ダールのヤギ娘」、「槍斧《そうふ》の蛮姫《ばんき》」、そして後年
「レーエンデの英雄」と呼ばれるティコ族の女戦士。

【生い立ち】

レーエンデ東部のダール村に生まれ育ったティコ族の娘。村では姉のアレーテと暮らしていた。父ウーゴはテッサが母の胎内にいるとき出征し、ファガン平原で戦死。父の民兵仲間だった村長テルセロは、テッサが音痴なのは父親譲りだと語る。

生まれつき怪力の持ち主。教育を重んじる姉アレーテのおかげで、ティコ族では珍しく帝国文字を読むことができる。

【性格】

明るく快活で、心優しく面倒見がいい。人がよすぎてルーチェに注意されることもしばしば。まわりにバカにされないために、男勝りの気の強さを見せつけることもある。

しかし、テッサには恋に恋する乙女な一面もあった。弟のように思っていたルーチェからプロポーズされて困惑したり、民兵時代はギヨム・シモン中隊長に淡い想いを寄せ、かなわぬ恋に身を焦《こ》がしたりもした。

村にいたころは「血が怖い」と言ってカケドリを潰すのも嫌がっていたほどだが、戦場で否応なく暴力や痛みへの耐性を獲得。ついには壮絶な極刑にも自ら身を投じる。

【仲間】

同じティコ族のキリル、彼といつも一緒にいるウル族のイザークとは、大の仲良し。のちに数々の戦場で苦楽を共にする。

十四歳のとき、古代樹の森で行き倒れていた少年ルーチェを助け、身寄りのない彼を家族として迎え入れる。彼もまたテッサにとって〝運命の人〟となる。

【戦歴】

十八歳のときに、外の世界で自分の力を試してみたいと思い、兵役に行くことを決意。翌年、親友のキリルとイザークと、わずかな訓練を経て最前線へ送られる。

配属先は帝国軍第二師団第二大隊第九中隊。父の死地であるファガン平原、バルナバス砦など、数々の激戦地を渡り歩く。「ダールのヤギ娘」の異名をとる身の軽さと、身の丈ほどもある槍斧を片手で振り回す怪力で敵兵を血祭りに上げ、「槍斧の蛮姫」として恐れられる存在に。

【英雄への道】

ダール村に伝わる「レーエンデに自由を」の言葉をバルナバス砦の城門に発見したこと、そしてシモン中隊長の「英雄になれ」という言葉が、彼女を革命へと駆り立てる。

豊富な戦闘経験、シモン中隊長から学んだ戦術や統率力を活かし、テッサは「レーエンデ義勇軍」のリーダーとして同志をまとめ上げていく。嘘のない真摯な言葉で、人々を啓蒙《けいもう》する指導者としての資質は、姉アレーテ譲りの才能かもしれない。

ルーチェの出自やイシドロの正体を見破るなど、洞察力と推理力にも長けている。法皇帝エドアルドの前でも一歩も退かず、その悪意と嘲弄《ちょうろう》を堂々と跳ね返してみせる。

画：葶々

エドアルド・ダンブロシオ・ヴァレッティ

Eduardo d'Ambrosio Valetti

聖イジョルニ帝国の初代法皇帝にして、ルチアーノの兄。
「神の御子」の力で、恐るべき復讐劇を作り上げる。

【美しき怪物】

ルチアーノの十歳年上の兄。瞳は薄暮《はくぼ》の紫、髪は滑らかな金糸のようで、孤高の月を思わせる白皙《はくせき》の美貌を持つ。ルチアーノには賢くて優しくて美しい兄と慕われている。

十五歳のとき、社交界へのお披露目を兼ねて参加した狩猟大会で、美貌ゆえに法皇ユーリ五世の目に留まる。側役という名目で男妾になることを命じられ、聖都ノイエレニエへ行くことに。エドアルドは両親に「行きたくない」と懇願するが、息子を次期法皇の座に送り込むという野望に囚われた両親は、すすんで彼を法皇の愛玩物として差し出すのだった。

ノイエレニエでは神学校に通いながら、法皇の〝寵愛《ちょうあい》〟を受ける日々を送る。常人ならば自ら命を絶ってもおかしくないほどの辱《はずかし》めを受け、何年にもわたる残酷な仕打ちに耐え忍んだ。忠臣イシドロ曰く、その地獄が彼を「身の毛がよだつほど美しい化け物」に変えていった。ある満月の夜に脱走を試みるも失敗、幻の海に触れて銀呪病に罹り、生涯苦しむことになる。

【復讐】

ノイエレニエに来てから三年後、かねてより練っていた計画を実行に移す。まずイシドロに命じて、自分を法皇に売り渡した両親を殺害。弟ルチアーノ以外、屋敷にいる者全員を殺せと命じた。そして、イシドロを監視役として送り込み、ダール村に身を隠したルチアーノの成長を見守らせる。

一方、自分の言いなりになるまで籠絡《ろうらく》した法皇に、両親はフェルミ家に暗殺されたのだと直訴。最大の政敵トマス・フェルミを絞首台に送り、一族を聖都から追放する。かくして次期法皇への道を着実に固めていくが、野望はそれだけにとどまらなかった。

聖イジョルニ暦六七四年、テッサ・ダール率いるレーエンデ義勇軍の快進撃が続くさなか、エドアルドは法皇ユーリ五世を暗殺。その座を引き継ぐのみならず、権力集中を避けるための選帝侯《せんていこう》を廃止し、自ら全権力を掌握する「法皇帝」に就任した。さらに革命勢力への理解を装いながら、その勢いを巧みに殺ぎ、ノイエ族やティコ族とウル族を分断へと導く。

【願い】

エドアルドは「神の御子」の力により、初代法皇帝という独裁的な地位を手に入れるが、自分に課せられた運命を憎む彼の真の目的は、それとは別のものだった。

自分が聖都で地獄を見ている間、幸福な少年時代を送り、ついには帝国に牙をむいた弟のルチアーノ。そして、兄の自分を差し置いて、ルチアーノの愛を一身に受けた革命の英雄テッサ。エドアルドは最も残酷な運命を二人に用意する。

復讐を果たしてから五年後の聖イジョルニ暦六七九年、エドアルドは何者かに暗殺される。全身を銀呪病に冒された彼の胸には、ティコ族が用いる古い短剣が突き立てられていた。

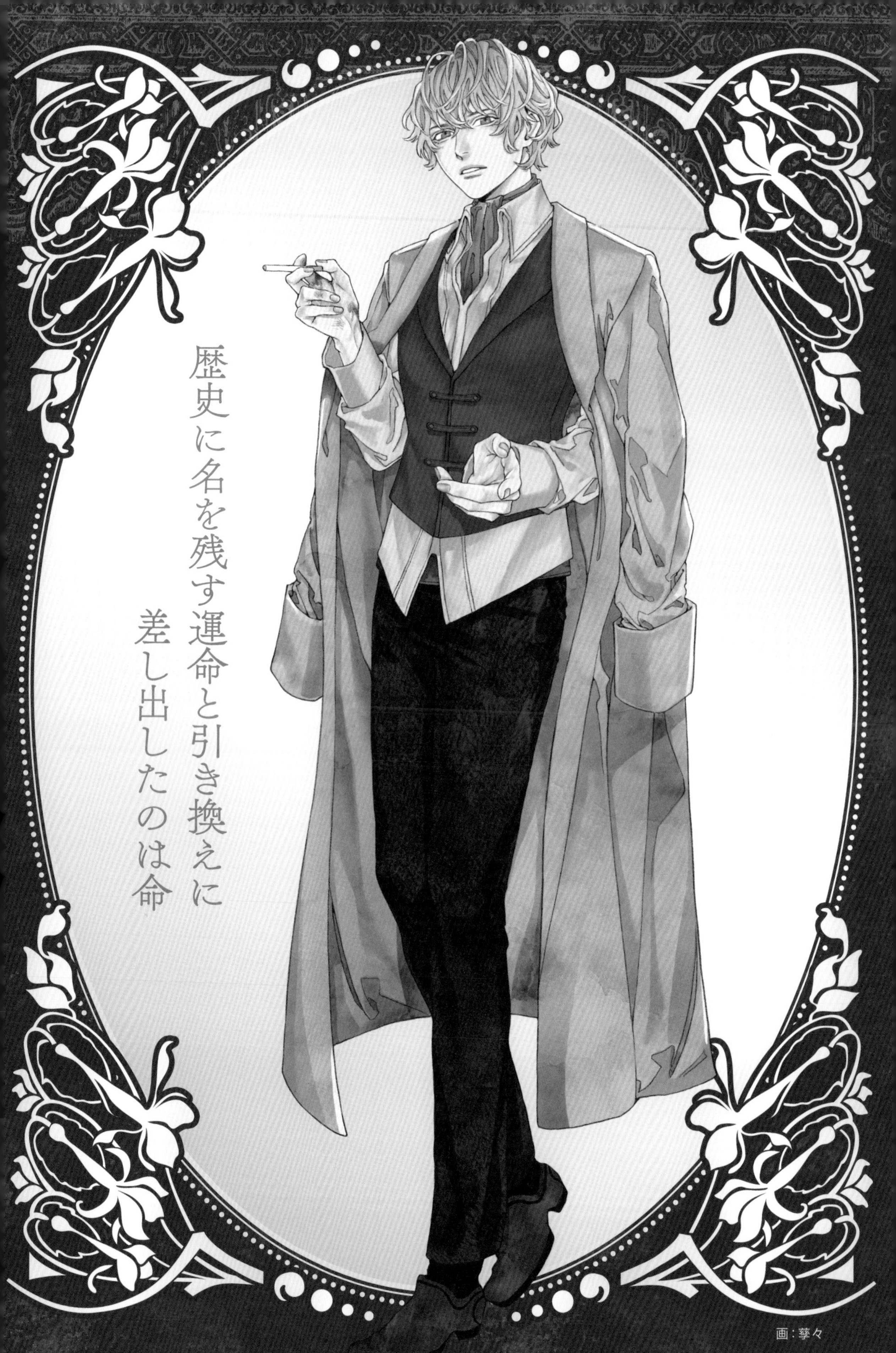
歴史に名を残す運命と引き換えに
差し出したのは命
画：孳々

リーアン・ランベール

Rían Rambert

レーエンデが生んだ、稀代《きだい》の天才劇作家。
畢生《ひっせい》の傑作『月と太陽』を書き上げる。

【生い立ち】

聖都ノイエレニエの下町に生まれ育った、ノイエ族の若手劇作家。双子の弟アーロウが座長をつとめる劇団ルミニエル座の座付《ざつき》劇作家として、『橋』『南の国の後宮にて』など六十本近い作品を手がけている。

母親はかつてルミニエル座の看板女優で、一番人気の娼婦だったセリーヌ・ランベール。十一歳のころから戯曲を書き始め、十二歳で母親に捨てられたのを機に早くも自立した生活を送った。まるで生き急ぐかのようなペースで新作を発表し続け、いずれも大好評を博している。その評判はレーエンデ地方にとどまらない。

【性格】

わがままで気難しく、口が悪くて人嫌い。他人からの支配や束縛を嫌い、自分が天才だと信じて疑わない根っからの芸術家タイプ。

雑な性格の反面、意外に神経質で潔癖症。生真面目な弟のアーロウとは正反対の性格だが、自分にはないものを多く持っている人物として弟のことを認めており、決して仲が悪いわけではない。

芸術家の生みの苦しみを共有する者や、エキセントリックな自分に理解を示す相手には、容易に心を許してしまう無邪気さがある。エストレニエからやってきた演出家ミケーレ・シュティーレには、その性格を巧みに利用されてしまう。

【作風】

大胆にして型破り、観客の心を打ち震わせる作風で、業界内外に多くのファンを持つ。聖イジョルニ帝国建国八百年祭記念公演で、帝国の反逆者テッサ・ダールの物語を戯曲化しようと試みるなど、タブーを恐れない蛮勇《ばんゆう》も彼の持ち味。反逆罪で死刑になるかもしれない命懸けのスリルさえも、彼のモチベーションになったと思われる。

艱難辛苦《かんなんしんく》の果てに書き上げた不朽の名作『月と太陽』は、のちにレーエンデを独立に導くきっかけにもなった。

【約束の夢】

幽霊や幻聴など、常日頃から他人が感知できないものを見たり聞いたりするため、変人扱いされることも多い。相手が誰かもわからないまま、ユリアやトリスタン、テッサの幽霊（もしくは、その土地に残る記憶）を幻視したことがあり、実はアーロウも同じ体験をしたことがある。

本人曰く、生まれる前の記憶もあり、ウル族の伝承にある〝始原の海〟らしき場所で、銀色に燃える光球を手にした「くたびれたおっさん」と出会ったという。託された光球は「歴史に名を残す運命。そして英雄と等しき年月」だった。のちにその記憶が彼をパニックに陥れる。

ノイエレニエでは城壁近くのアパートで孤独に暮らしている。満月の夜には銀の嵐が荒れ狂うレーニエ湖の超自然的光景が、彼のインスピレーションの源だったからか、あるいは〝始原の海〟に似ていたからか、それは定かではない。

兄リーアンへの思い
それを愛と呼ぶには複雑すぎる
画：孳々

アーロウ・ランベール

Arlow Rambert

劇団ルミニエル座の座長であり、人気の男娼でもある。
天才の兄をもつ凡人として葛藤する、双子の弟。

【コンプレックス】

劇団ルミニエル座の座長をつとめる若き俳優・演出家。十一歳のときから体を売って稼いできた、娼館の男娼でもある。双子の兄リーアンは劇団の人気座付劇作家。

娼館も兼ねるルミニエル座は、母親の仕事場でもあり、生家同然であった。少年時代に母親が出奔し、リーアンにも見捨てられたことに深く傷ついていた。男娼として苛酷《かこく》で惨《みじ》めな日々を送りながら、劇作家としてめきめき頭角を現すリーアンに対し、強いコンプレックスを抱いて生きてきた。

とはいえ、大人になっても無軌道に生きるリーアンの面倒を甲斐甲斐《かいがい》しく見続けている。そして英雄テッサ・ダールの伝承を拾い集める旅のなかで、久々にリーアンと長い時間を過ごし、過去のわだかまりと誤解を互いに解いていく。

【複雑な兄弟愛】

破天荒な兄リーアンに比べると注意深く生真面目な常識人、悪く言えば凡庸。創作者には向いていないと認めている。仕事をしないリーアンの代わりに『別離』『恋ってどんなものかしら』といった台本をリーアン名義で書くが、いずれも凡作であると自覚している。

反帝国組織の英雄テッサ・ダールの物語を書くというリーアンの型破りなアイデアにも、最初は恐れおののくが、やがて自分の命を擲《なげう》ってでも作品を完成させようとする。それはリーアンへの複雑な思いとは裏腹に、彼の才能の最大の理解者であることがアーロウにとって大事であった証でもある。

【演劇の才】

少年時代からさまざまな痴態《ちたい》を強いられてきたせいか、いざとなればプライドをかなぐり捨てて「演じきる」役者根性の持ち主。新人の娼婦モニカの幻想を捨てさせるために色悪の女衒《ぜげん》も軽々と演じ、リーアンのもとに駆けつけるためなら悪徳警邏《けいら》兵にも色目を使ってみせた。一匹狼のリーアンとは違い、娼婦たち=劇団員との信頼関係は厚い。彼女たちの活かしどころを常に考え、敬意と親しみを持って舞台を作る演出家としての手腕には、リーアンも一目置いていた。最も頼りにする看板女優は、兄弟の幼馴染みでもあるマレナ・イルファ。長らく彼女の恋心に気づかなかった。

【多彩な顔】

身綺麗な格好をしていれば、洗練された都会のイジョルニ人に交じっても違和感がないほど整った容姿の持ち主。少年のころは男色家に好まれたが、成長してからは裕福な年配女性の若いツバメとして人気を得る。特に、長く寵愛を受けた鉄道会社の重役夫人ミラベル・ロランスは、のちに彼にとって最大の理解者となる。

ジゴロとして稼ぎながら劇団を切り盛りし、さらにレーエンデ義勇軍を名乗る反帝国組織にもひそかに所属。上級市民であるイジョルニ人に対する反抗心は誰よりも強い、レジスタンスの闘士でもある。

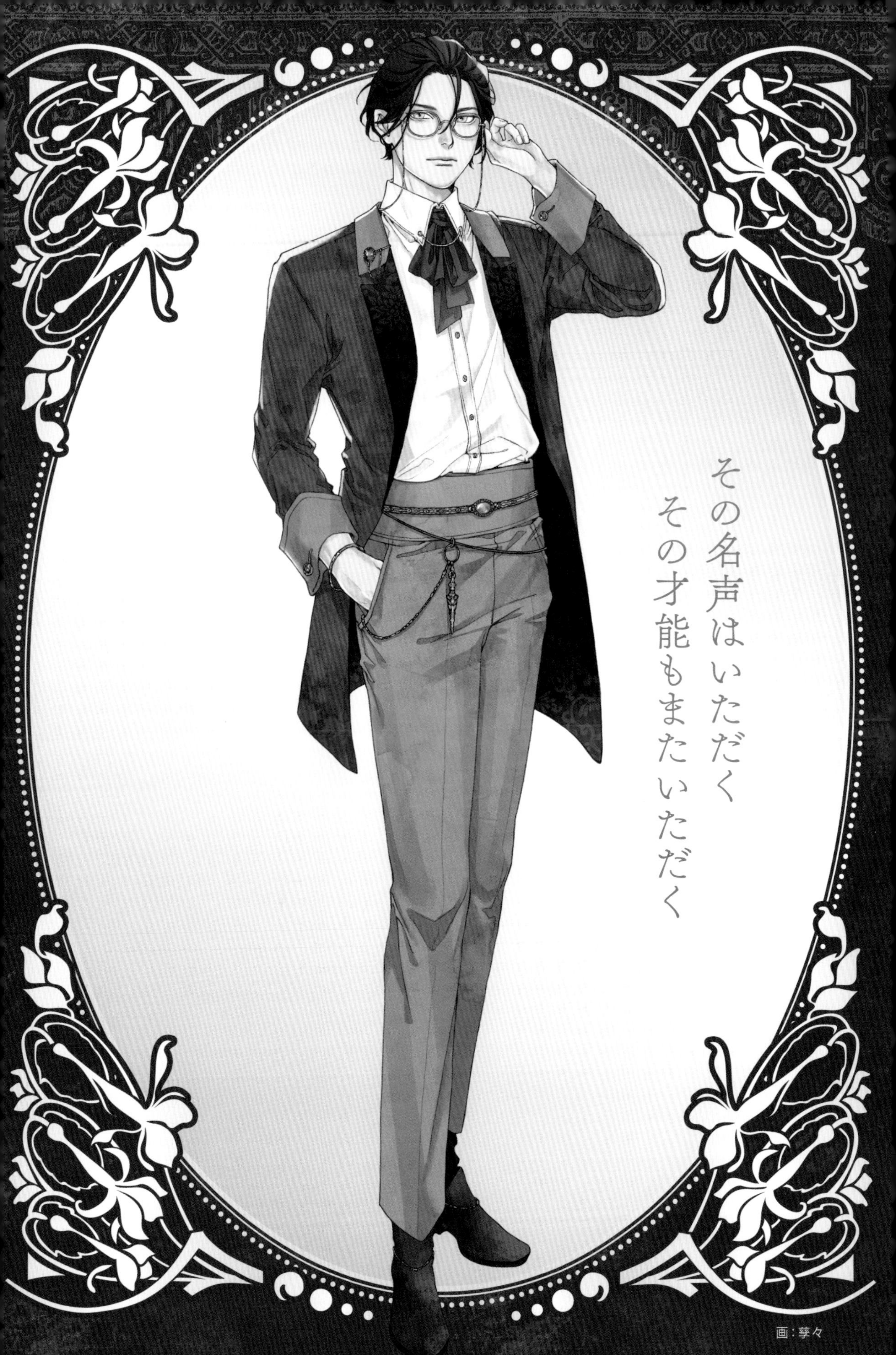
その名声はいただく
その才能もまたいただく

画：孳々

ミケーレ・シュティーレ

Michele Stille

聖イジョルニ帝国の演劇界では知らぬ者のいない演出家。
リーアンの才能を見出し、それを盗もうと企む悪党。

【毀誉褒貶《きよほうへん》】

芸術の都エストレニエを本拠地に、数多くの舞台作品を手がけた大物演出家。デビュー当時から派手な作風で大衆の人気を集め、冒険劇『ヴェスト号の大航海』などのヒット作を世に放った。

しかし、晩年は「どれも同じ演出」と大衆に飽きられ、酷評にさらされることもしばしば。盗作や裏社会とのつながりなど、のちに明らかにされた醜聞《しゅうぶん》は枚挙にいとまがない。

【籠絡の達人】

新進気鋭の劇作家リーアン・ランベールの才能に目をつけ、ノイエレニエの下町に足を運び、新作戯曲の執筆を依頼する。帝国歌劇場でお披露目する新作舞台の台本を、名の知れていない新人劇作家に任せてしまうという豪胆さには、リーアンも驚嘆する。しかし、その裏には卑劣な思惑があった。

持ち前の気さくさと巧みな弁舌で、初対面の相手をも魅了する座談の名手。リーアンを酒場に連れまわし、猜疑《さいぎ》心の塊である彼をたやすく懐柔してしまう人たらしである。有名人なのに偉ぶることがなく、被差別階級のレーエンデ人にも対等に接する態度で、リーアンの心を摑んだ。しかし、アーロウはその言動の奥に潜む本性——レーエンデ人への侮蔑と嫌悪を見抜いてしまう。

【盗みと誤算】

優れた作品を手に入れるためなら、どんな卑劣なやり方も辞さない。新作執筆がはかどらないリーアンに発破《はっぱ》をかけるため、レーエンデ人にとっては死刑宣告にも等しい罪を彼に負わせ、監獄送りにするという強硬手段もいとわない。さらに、勘のいいアーロウに自分の企みを見破られかねないと判断するや、兄弟の仲を引き裂いてリーアンを孤立させる。

そのやり方は周到かつ悪辣《あくらつ》だが、創作者の生みの苦しみを知るからこその「鬼の所業」にも見える。その点、同じ表現者としてのシンパシーを抱いていたリーアンは甘く、最終的に決定的な裏切りに遭う。ミケーレのほうが一枚上手であった。

ミケーレは、その生涯を通して才能と名声にしか興味のない人物であった。リーアンもまたそうであると誤認したことが、彼の死に様を決めることとなった。

【遺作】

遺作は建国八百年祭記念公演『月と太陽』。イジョルニ帝国歌劇場で初演され、当初は称賛をもって迎えられたものの、徐々に客足は減少。過剰な法皇帝賛美を盛り込んだ演出、節操なく権威にすり寄る姿勢などが一部の反発を呼んだ。ミケーレ自身はその興行を最後まで見届けることなく、ノイエレニエで呆気ない死を迎えている。

のちにこの初演版は看過《かんか》しがたい改悪が施されているとして、リーアン・ランベール作・演出のオリジナル版が上演された。

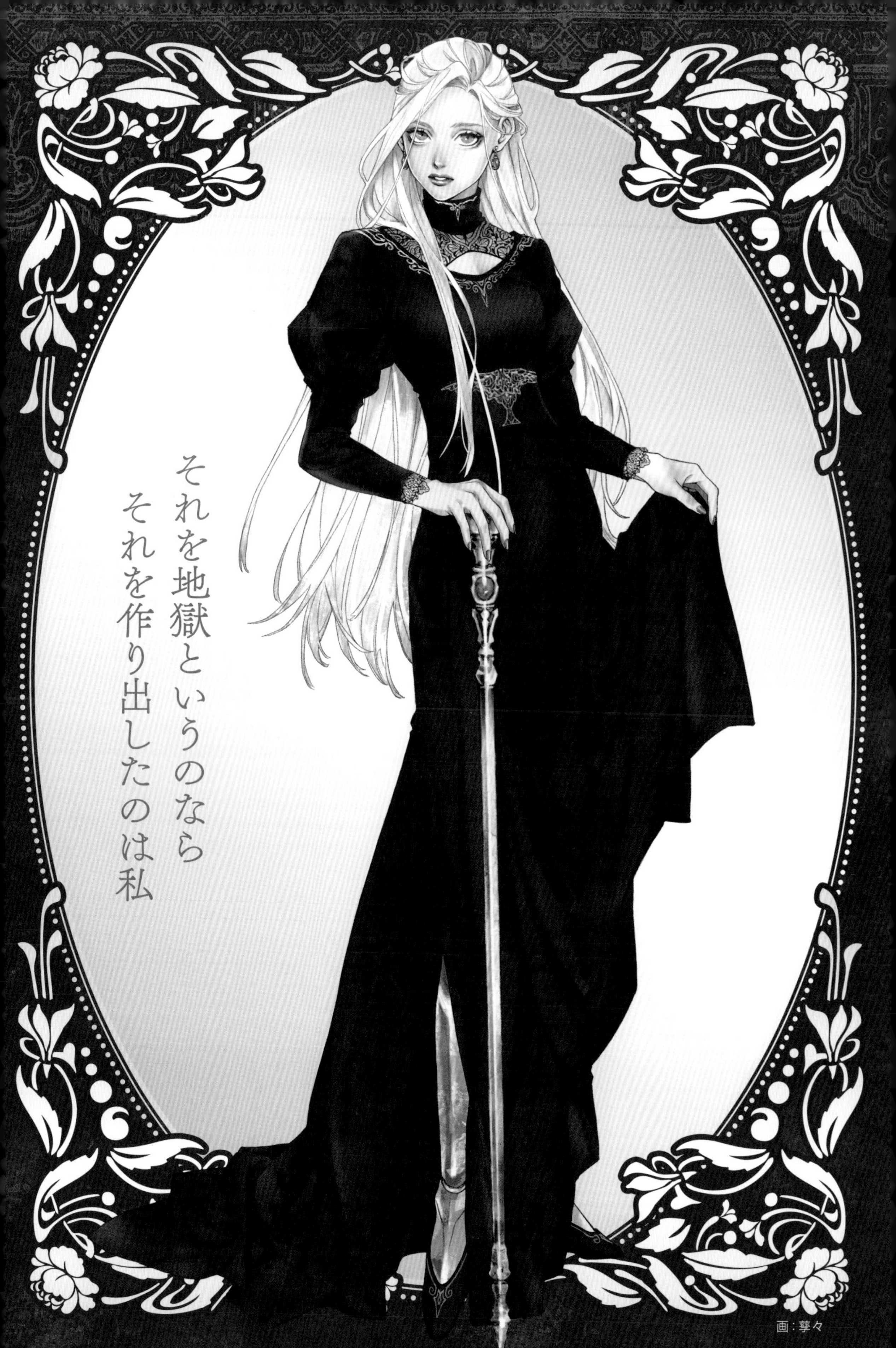
それを地獄というのなら
それを作り出したのは私

画：孳々

ルクレツィア・ダンブロシオ・ペスタロッチ

Lucrezia d'Ambrosio Pestalozzi

異母兄とともにレーエンデを救う天命を受けた法皇帝の娘。
のちに「冷血の魔女」と呼ばれ、民衆を地獄に導く。

【生い立ち】

聖イジョルニ暦九〇〇年十二月十五日、銀の嵐が渦巻くレーニエ湖畔のシャイア城で、天満月の夜に産声を上げる。父は第八代法皇帝に就任したばかりのヴァスコ・ペスタロッチ。母は四大名家のひとつ、ダンブロシオ家の末娘フィリシア。

シャイア城の北棟でひとりぼっちの幽閉《ゆうへい》生活を送り、両親とは何年も顔を合わせたことすらなかった。しかし、幼い頃は「銀天使」（銀呪病に罹った生物）が話し相手となり、孤独を感じることもなく穏やかに暮らしていた。

【覚醒と挫折】

五歳になる前、彼女は初めて母フィリシアと対面する。そして、世界のすべてを知りたいと望むようになる。親切な〝幽霊さん〟の手引きで城の蔵書を読み漁り、帝国の呪われた歴史を学び、自らの置かれた境遇の危うさを思い知る。

虐げられ続ける哀れな母を救いたいという願い、そして強靭な生存本能の覚醒が、ルクレツィアに早々と幼さを捨てさせる。母はルクレツィアを城から脱出させようと図るものの、あえなく失敗。激怒した父ヴァスコに窓から湖へ放り投げられる。からくも一命は取り留めたが、このときのケガがもとで右膝から下を失ってしまう。

【兄との邂逅《かいこう》】

居場所を失くした彼女は、父の正妻イザベルが留守を預かるペスタロッチ家に身を寄せることになる。妾《しょう》妃《ひ》の子であることを考えれば、憎まれても仕方のない身の上。ルクレツィアは心の壁を堅牢強固にしてイザベルと会うが、その対応は想像と異なっていた。

ルクレツィアは、そこで異母兄レオナルド・ペスタロッチと運命的な出会いを果たす。最初はヴァスコそっくりの彼に生理的嫌悪感を抱いていたが、その誠実な人柄と強い信念に触れ、いつしか尊敬と親愛の情を強く抱くようになっていく。そして「彼こそは英雄になるべき人間である」という確信を得る。

【冷血の魔女】

銀色に輝く髪、滑らかな頬、白い睫と青い瞳をもつ。天使か妖精かと見紛うほど、儚く清らかで繊細な美しさは、初対面の兄レオナルドをも驚かせる。このとき、わずか六歳。

のちにシャイア城に舞い戻った彼女は、自らの〝天命〟と出会う。その天命を果たすためには、すべてのレーエンデ人の憎しみを一身に集め、この世に地獄を現出させなければならない。そう考えたルクレツィアは、どんなに自分が忌み嫌う男であっても自らの美貌と魅力をもって籠絡し、強大な権力を獲得していく。苛酷な人生は、彼女に心と体を完全に分離する術と、どんな屈辱的行為にも身を投げ出す狂気を授けてしまった。

「冷血の魔女」の悪名を轟かせる彼女の行いは、父ヴァスコの忌まわしき血のなせる業《ごう》か、はたまた生来の〝悪の才能〟によるものか。その真実を知る者は少ない。

俺は必ず撃ち抜いてみせる
約束を果たさなければいけないから
画：孳々

レオナルド・ペスタロッチ

Leonardo Pestalozzi

平等を追い求めた貴族出身の理想家にして、
革命前夜の“希望の曙光”となった男。

【生い立ち】

聖イジョルニ暦八八八年八月八日、レーエンデ西部の大都市ボネッティに生まれる。父は西教区司祭長のヴァスコ・ペスタロッチ、母は政略結婚で輿入れしたロベルノ州首長の娘イザベル。始祖の血を引く四大名家の嫡男《ちゃくなん》として、そしてペスタロッチ家を再興した祖父エットーレのような立派な為政者《いせいしゃ》になるべく、幼少期から研鑽《けんさん》を積む。

子どものころから「銀天使」の語りかける声を聞くことができたが、嘘つきと思われるのが嫌で、後年ルクレツィアに告白するまで誰にも言わなかった。

【性格】

貴族らしからぬ、情熱的で一本気な性格の持ち主。正義と平等を重んじる精神は、厳格な母イザベルから受け継いだ。それはのちに自身が設立した「テスタロッサ商会」の企業理念にも反映される。

父ヴァスコには「強さこそが正義」という教えを叩き込まれ、幼少期より射撃と剣技と格闘技を習得。特に射撃の腕に秀でている。

【少年時代】

常に行動を共にしている一歳上の親友ブルーノは、父の忠臣ジュード・ホーツェルの一人息子。ふたつ年下の従兄弟ステファノも大事な遊び仲間で、彼らとはその後の人生でも深く関わることになる。

少年時代、“旧市街”と呼ばれるレーエンデ人居住区に潜入したときの経験は、レオナルドの人格形成に大きな影響を与えた。初めて触れたレーエンデ人の生き生きとした暮らしぶり。イジョルニ人の抱く偏見と異なる外見。さらに演劇を通してレーエンデ人の苦難の歴史も学ぶのだが、それはイジョルニ人である自身のアイデンティティを大きく揺るがす体験でもあった。

祖父エットーレの大罪、それを受け継いだ父ヴァスコの悪辣な野心を知ったレオナルドは、激しい幻滅と怒りに燃える。その感情の炎は、その後も彼の心に灯《とも》り続けることになる。

【自立の道、革命への道】

ある事件で父ヴァスコの激しい怒りを買ったレオナルドは、ペスタロッチ家から出奔。レーエンデ北部の町ウドゥの「エンゲ商会」に身を寄せ、働きながら商売を学ぶ。

七年後、母イザベルからの電報でボネッティに呼び戻された彼は、異母妹ルクレツィアと初めて対面。父ヴァスコの面影を思い出させる自分の姿が、妹のトラウマを呼び起こすことを知ったレオナルドは、自分が父と違うことを証明するべく行動を開始。民族格差のない労働環境を作り上げようと「テスタロッサ商会」を立ち上げて奔走する姿は、ルクレツィアの固く閉ざされた心を開いていく。

そして運命の聖イジョルニ暦九一四年。シャイア城で、妹とともに自らの天命を悟ったレオナルドは、革命の闘士として茨《いばら》の道を突き進むことになる。

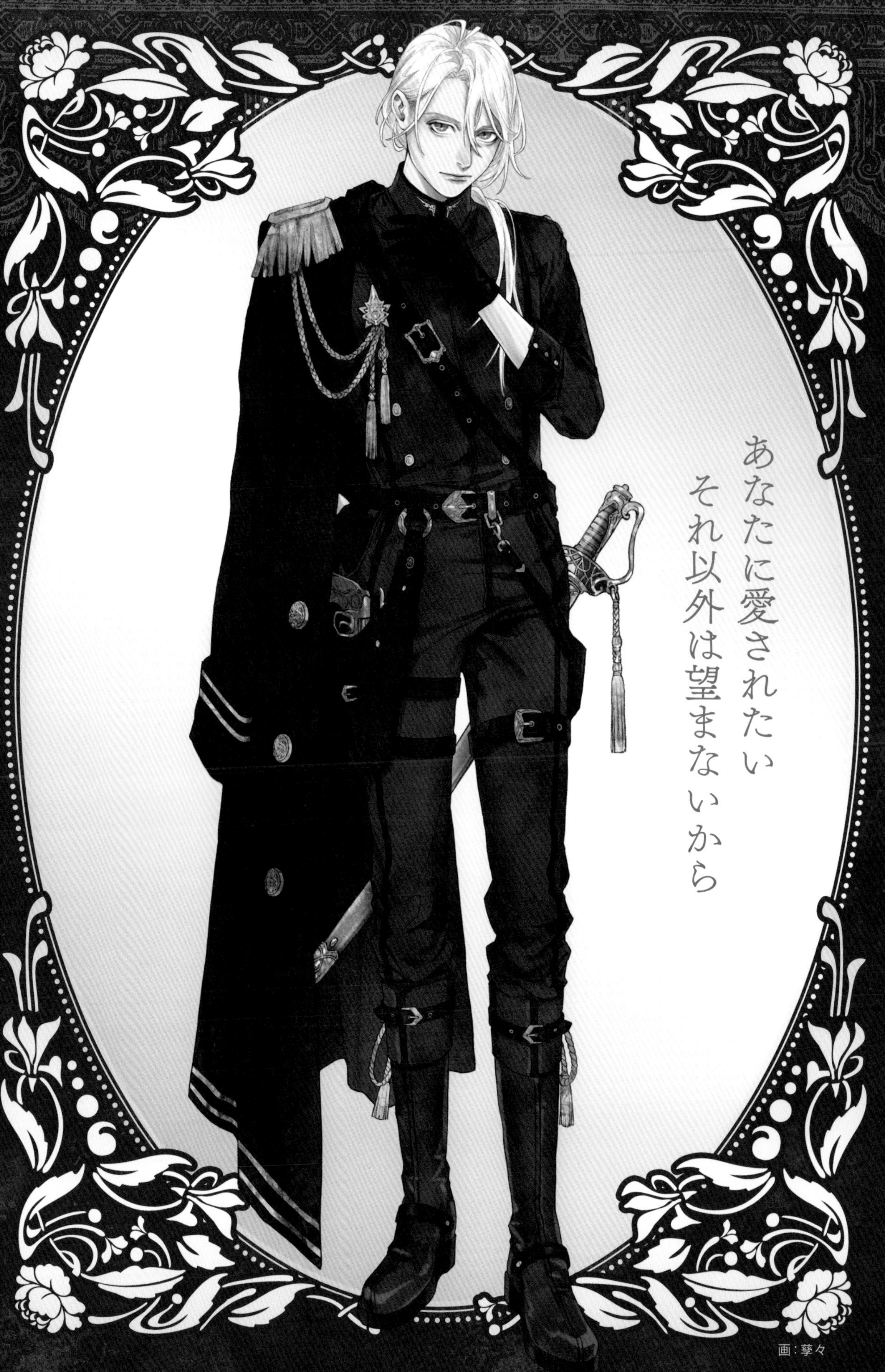
あなたに愛されたい
それ以外は望まないから

画：孳々

ステファノ・ペスタロッチ

Stefano Pestalozzi

天使の美貌を持つ凡庸な貴族のお坊ちゃん。
誰も予想しなかった地位にまで登りつめる。

【生い立ち】

レオナルドの親友で、ふたつ年下の従兄弟。父はヴァスコ・ペスタロッチの実弟で、流行病のために幼いころに死別。母アリーチェは父の死後も贅沢な暮らしがやめられず、遺産を使い果たした末、ボネッティのペスタロッチ家に親子で身を寄せる。ヴァスコは屋敷の別館を与え、そこが母子の住処となった。

【憎めない天使】

ペスタロッチ家の男児には珍しく、母親に似て小柄で華奢な美少年。金色の髪とくすんだ緑の瞳、白い肌に薔薇色の頬は、まるで宗教画の天使を思わせる。

性格は見た目どおりに無垢で繊細。言い方を変えれば「弱虫、泣き虫、甘えん坊」のお坊ちゃんタイプ。おっとりして憎めない無邪気な少年だが、やや無神経で鈍感なところがある。特権階級にいることを鼻にかけ、贅沢自慢に走りがちなところは、母親の影響が大きい。いくつになっても母親に溺愛され、その影響下から逃れられない。その共依存的関係は、のちのちまで彼の人生に影を落とすことになる。

【憧れと妬み】

華やかな貴族社会の文化に囲まれて育ったため、人生の苦労を知らない。下層階級の人々にも興味がなく、心配することといえば、自分がペスタロッチ家の当主になれるか否か。その意味でレオナルドはライバルにあたるのだが、ステファノにとって彼は憧れのヒーローでもあった。しかし、成長するにつれて急速に我が道を見出し、劇的に変わっていくレオナルドの姿に、「何者にもなれない」人間の屈折した妬みを抱くようになる。

声楽家や画家など、才能豊かな者にしかなれない職業に憧れ、一時は熱中するものの、長続きしたためしがない。友達と遊ぶことよりも習い事を優先する情の薄いところもあるが、自分の憧れを実現しようとする努力の裏返しでもある。また、いくら頑張ってもレオナルドやブルーノには勝てないという劣等感をひそかに抱《かか》えており、それがずっと彼を悩ませていた。

のちに軍人となって、残虐でサディスティックな性格を発揮するようになる。まわりからバカにされてきた反動か、それとも「皆に認められたい」という自意識の歪みか。もしくはその両方か——。

【致命的な愛】

ルクレツィアがペスタロッチ家にやってきた日に彼女に一目惚れ。めげずに何度もアタックを繰り返す。彼女の冷たく無感情な態度でさえも、恋の燃料となっていった。

その一途な思いや、内なるコンプレックスは、ルクレツィアが〝天命〟を完遂するために、あますところなく利用されていく。ある意味、母アリーチェの期待を遥かに上回るほどの地位にまで登りつめるが、それは極めて残酷な「操作」の産物でもある。それで歴史上の愚鈍な人物として名前が刻まれるとするならば、同情を禁じ得ない。

コミック版『レーエンデ国物語』はじまる

ここに紹介するのは、『月刊アフタヌーン』（毎月25日ごろ発売）にて連載企画が進行中のコミック版のネームとキャラ設定画。作者は短編『石読み』でアフタヌーン四季賞 2020 冬 四季賞を受賞した薄雲ねず。期待して待ちたい。

トリスタン
ユリア
ヘクトル
約束しよう ユリア
次にまた レーエンデに 行くときは
必ずお前も 連れて行くと
本当ですかっ
聖母の名は
ユリア・シュライヴァ
78

ガフ
リリス
イスマル
ホルト
サヴォア
プリムラ
ペル
アリー

Chapter Ⅳ

Creation

第四章 ✷ 創造

「物語が長くなると
一番最初に幸せなシーンを切る」
そう、著者は語った。
革命を描くためには何が必要か？
美しいレーエンデを
地獄へと変貌《へんぼう》させた
その創造の道程をたどる。

『レーエンデ国物語』創造の裏側

手描きのMAP

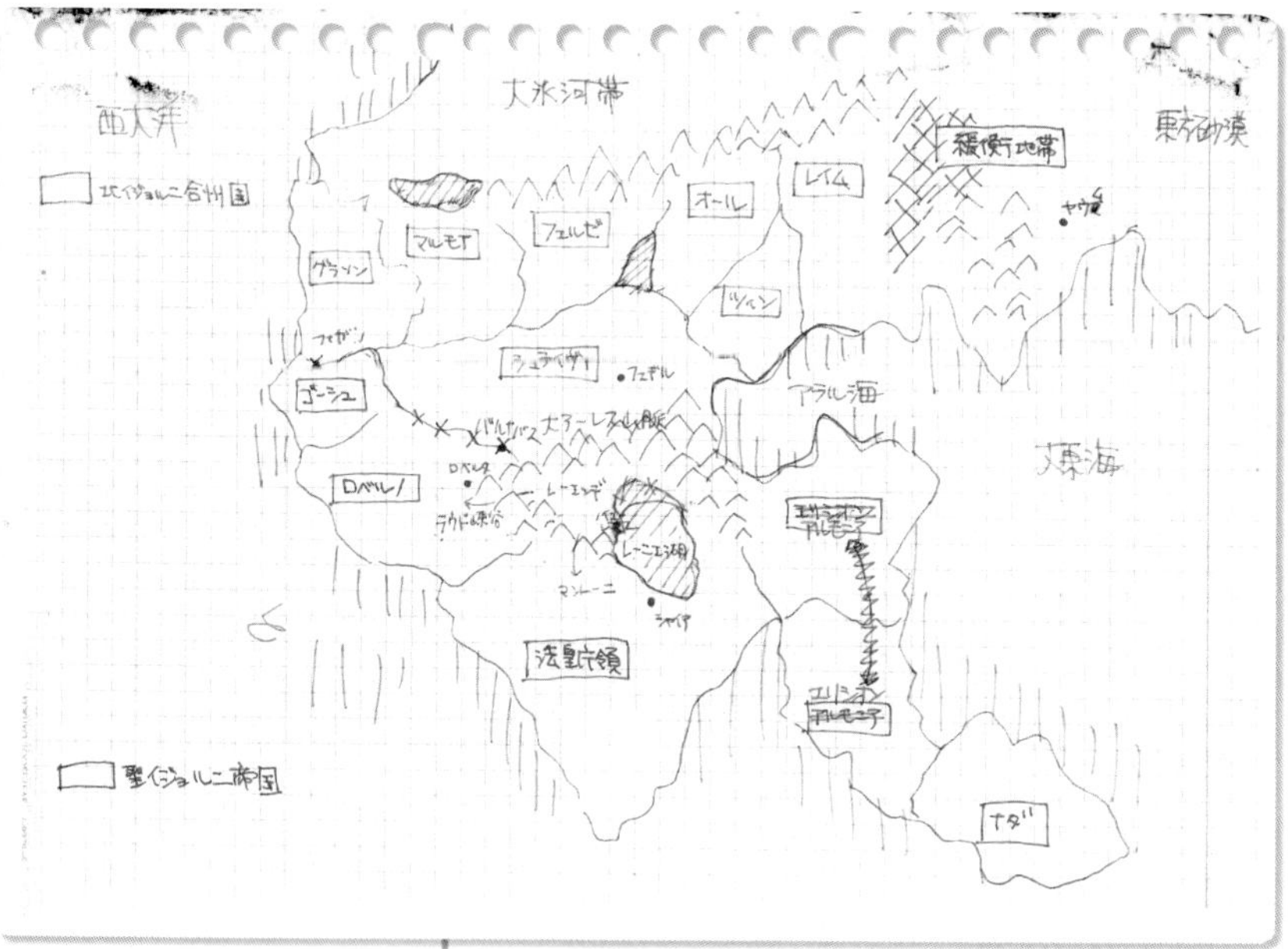

第二部
「月と太陽」大陸MAP

著者はレーエンデのモデルはスイスだと語っている。それを踏まえ、西ディコンセ大陸とヨーロッパの地図を比較すると、イタリアと法皇庁領や、ドイツとシュライヴァといった国々の類似性が見えてくる。

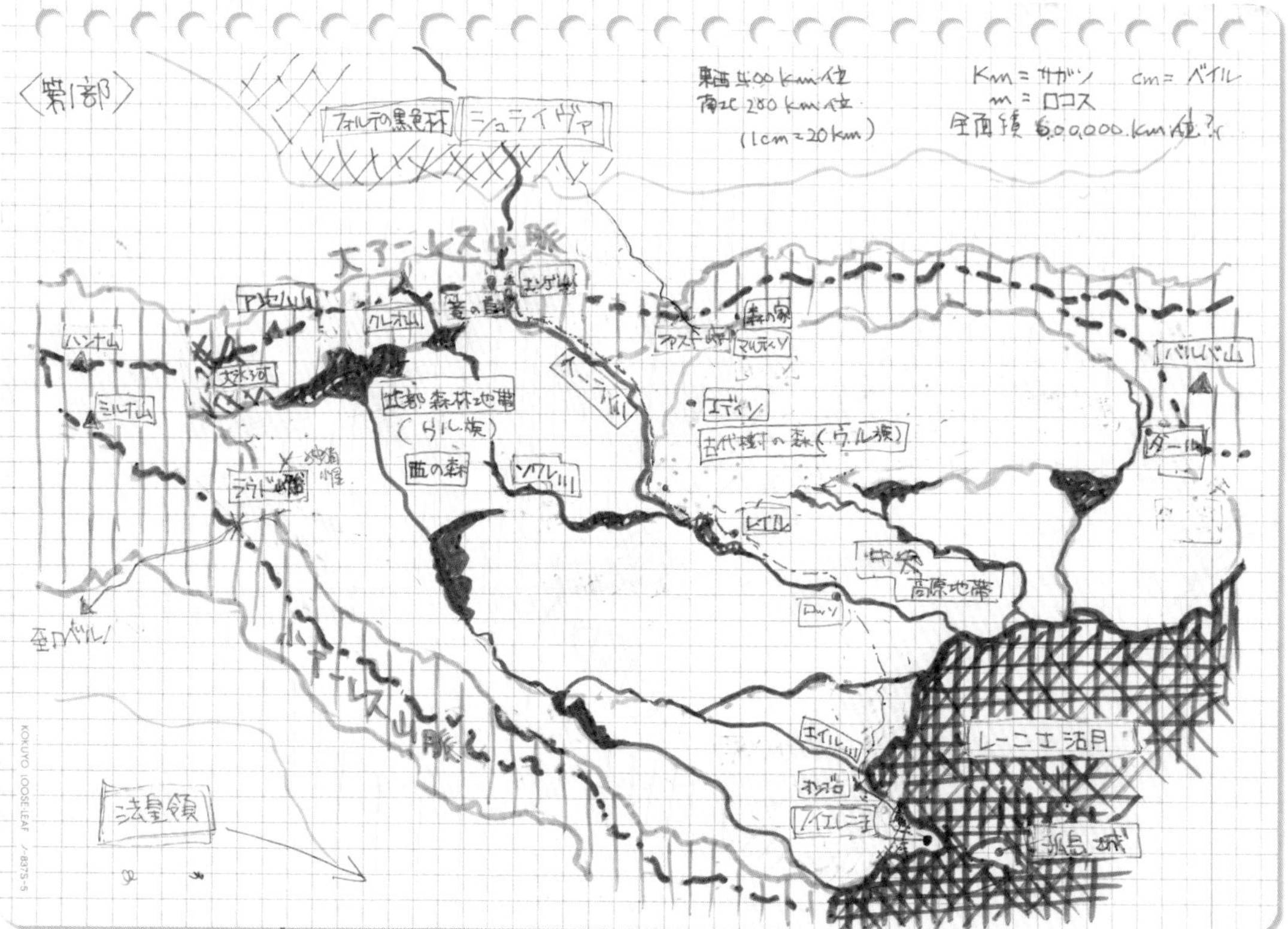

第一部
レーエンデMAP

「話の骨子ができて、こういうことをやらせたい、こういう人が住んでいるという設定を作るときは、キャラクターや細かいストーリーを考えるより先に地図を描きます」と著者は語る。さらに物語を書き進めていくにあたり、距離感が気になると地図を描き換え、近づけたり遠ざけたりする修正を加え続けるという。

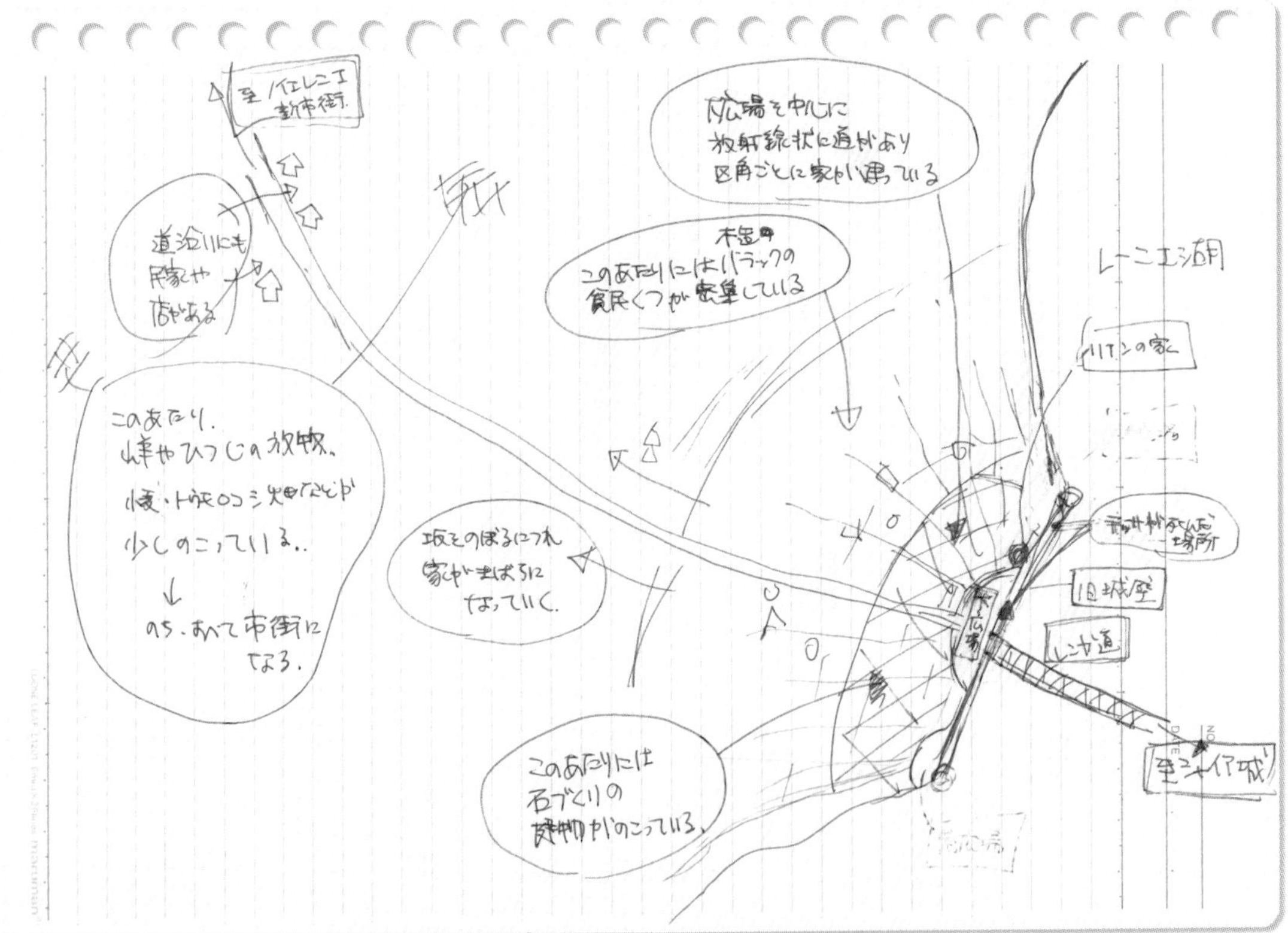

第三部
「喝采か沈黙か」ノイエレニエMAP

第三部のノイエレニエの下町概略図。リーアンの部屋がレーニエ湖のすぐ近くにある。この図から、ヘクトル・シュライヴァが見た、まだ美しかったであろう市街や、テッサが鎖に繋がれた城壁門《じょうへきもん》など、イメージが膨らむ。

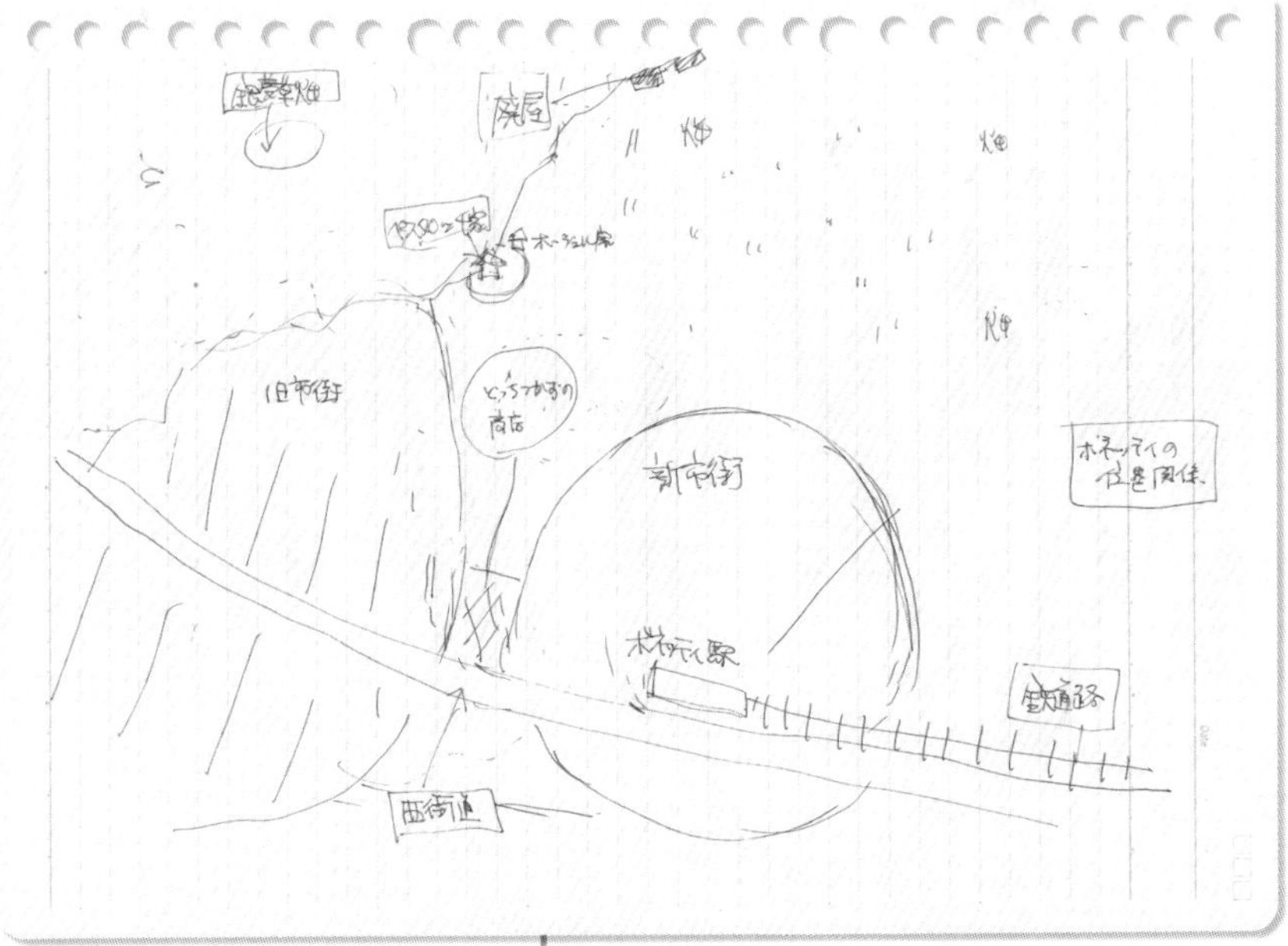

第四部
「夜明け前」ボネッティMAP

鉄道の登場が、古くは交易の要衝《ようしょう》として栄えたボネッティの街を作り替える。新市街と旧市街は接することなく「どっちつかずの商店」で分け隔てられているのが興味深い。

第二部
「月と太陽」
アルトベリ城見取り図

難攻不落の城という設定に合わせ、防御のための火器や矢狭間《やざま》はもちろん、各階がどういう部屋で構成されているかまで、細かく書き記されている。ルーチェが得ていた情報は、この見取り図よりも少なかったのでは？　特に六階建ての塔の設定を見ていると、アルトベリ城攻略戦の部分を改めて読み返したくなるほど。リヒテンシュタイン城がモデルとなっている。

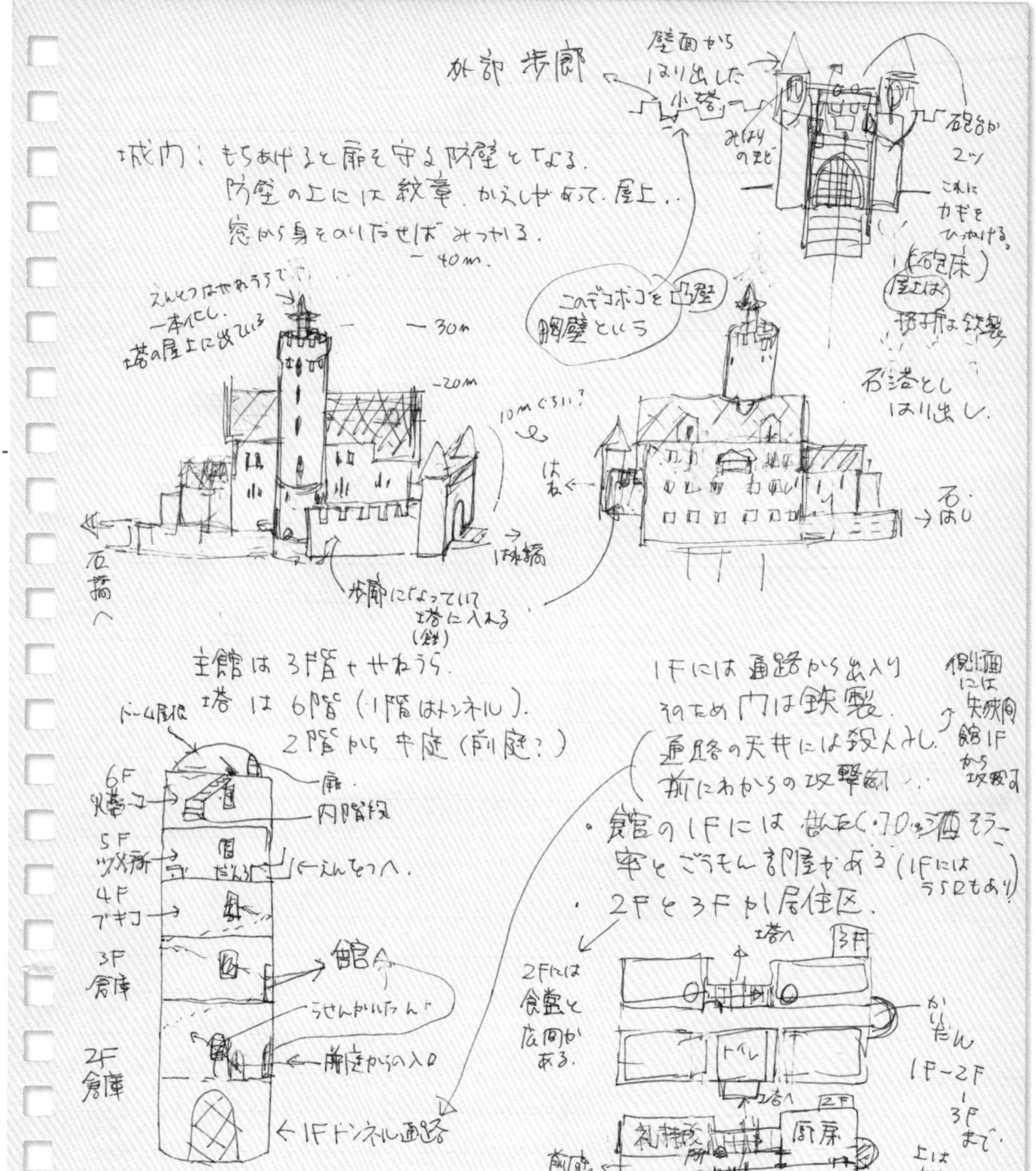

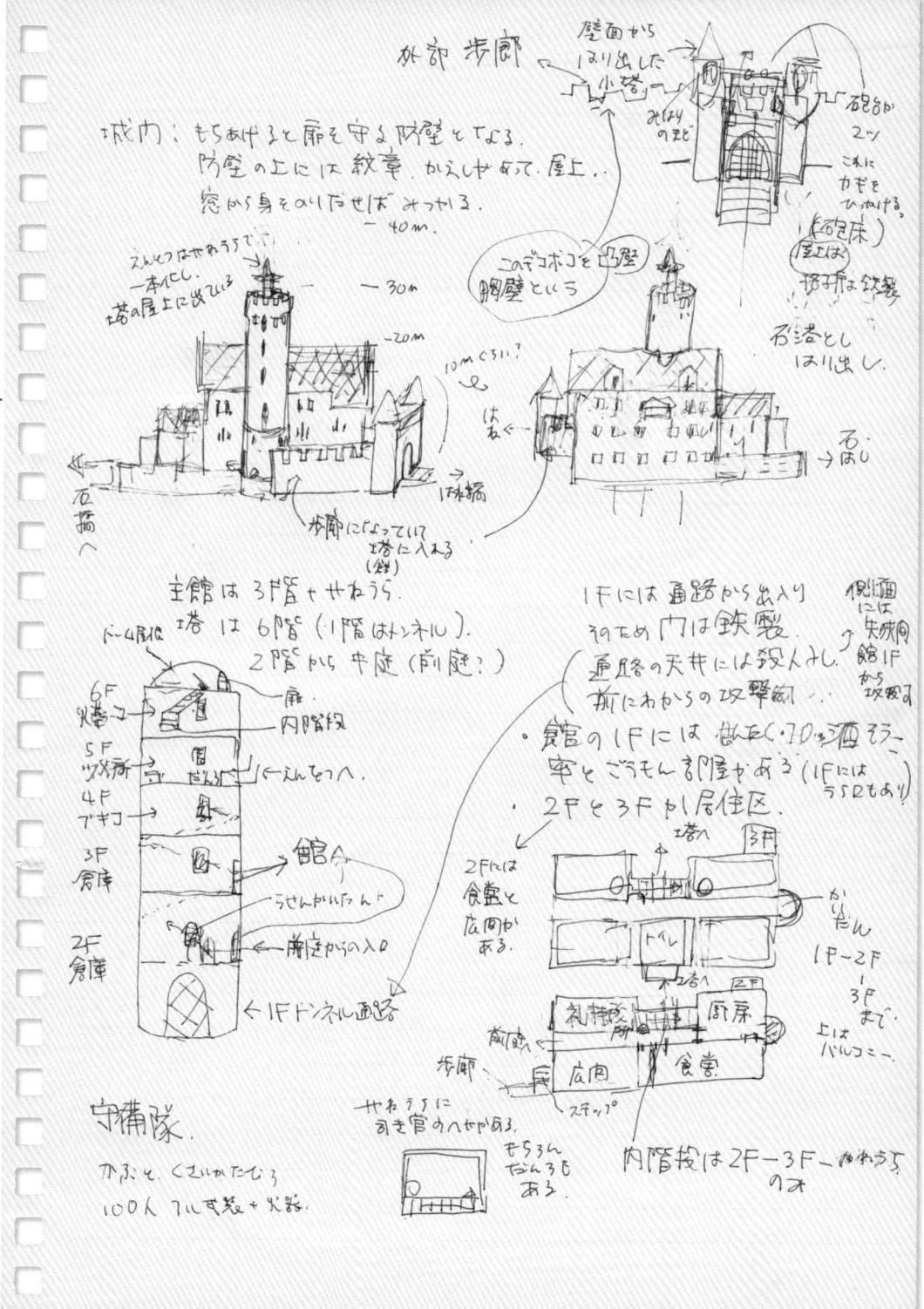

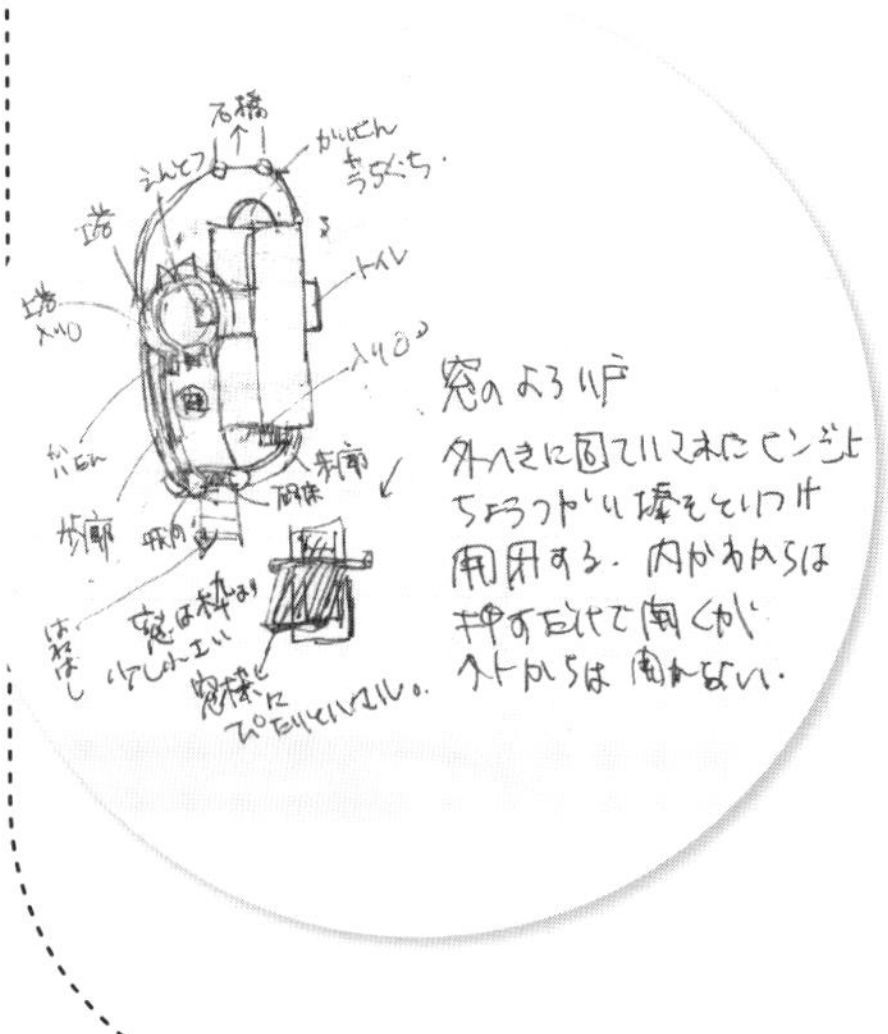

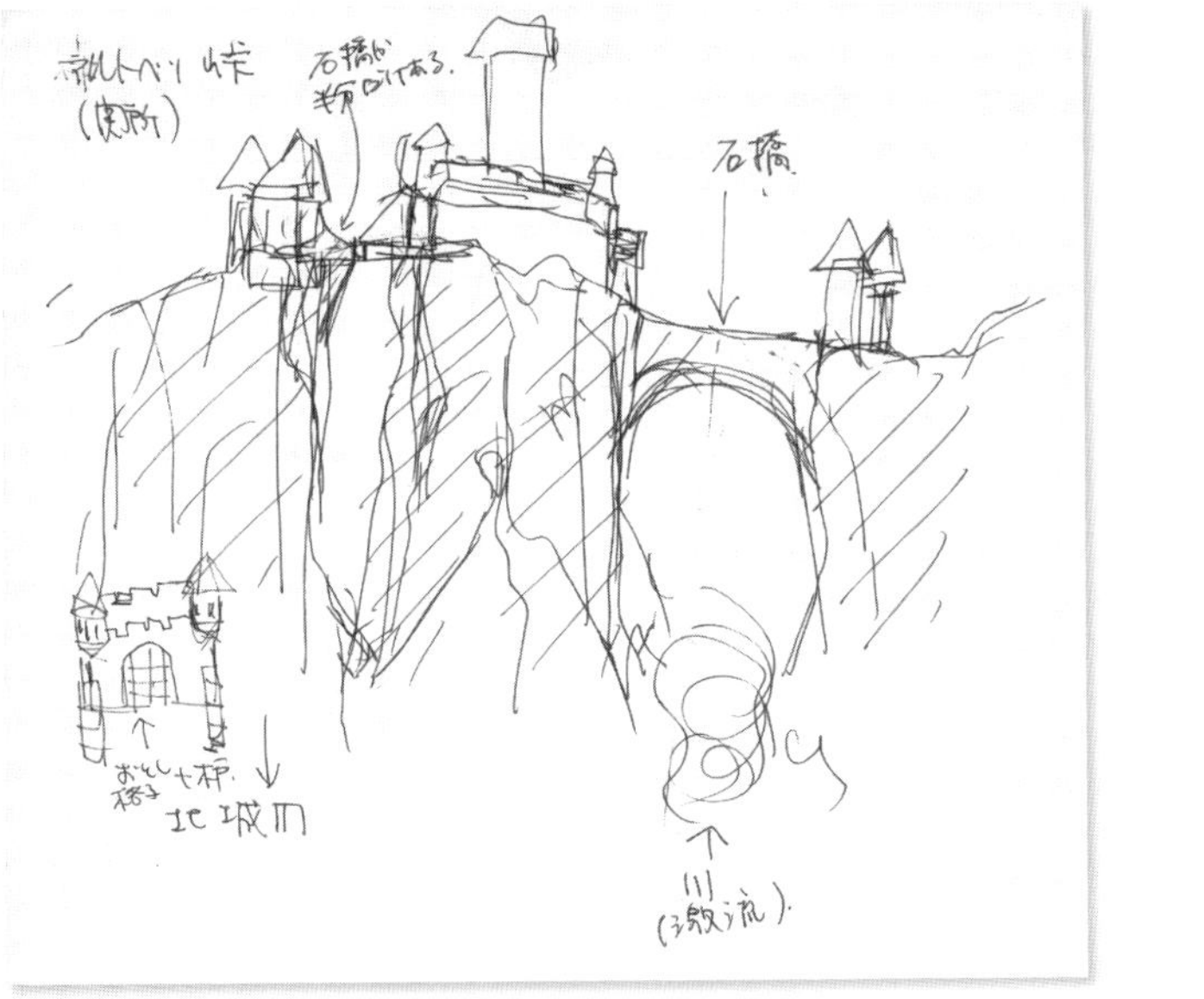

第三部「喝采か沈黙か」月光亭＋ルミニエル座見取り図

地上三階、地下一階のフロア図。劇場の舞台、酒場、娼館の客室が、実に効率的に収まっている。『レーエンデ義勇軍』が満月の前夜に集まる地下室もある。渡り廊下に椅子をしまう、ツボに用を足して裏道に捨てるなど、そこに人が生活していることが伝わるディテールまで、事細かくメモ書きされている。

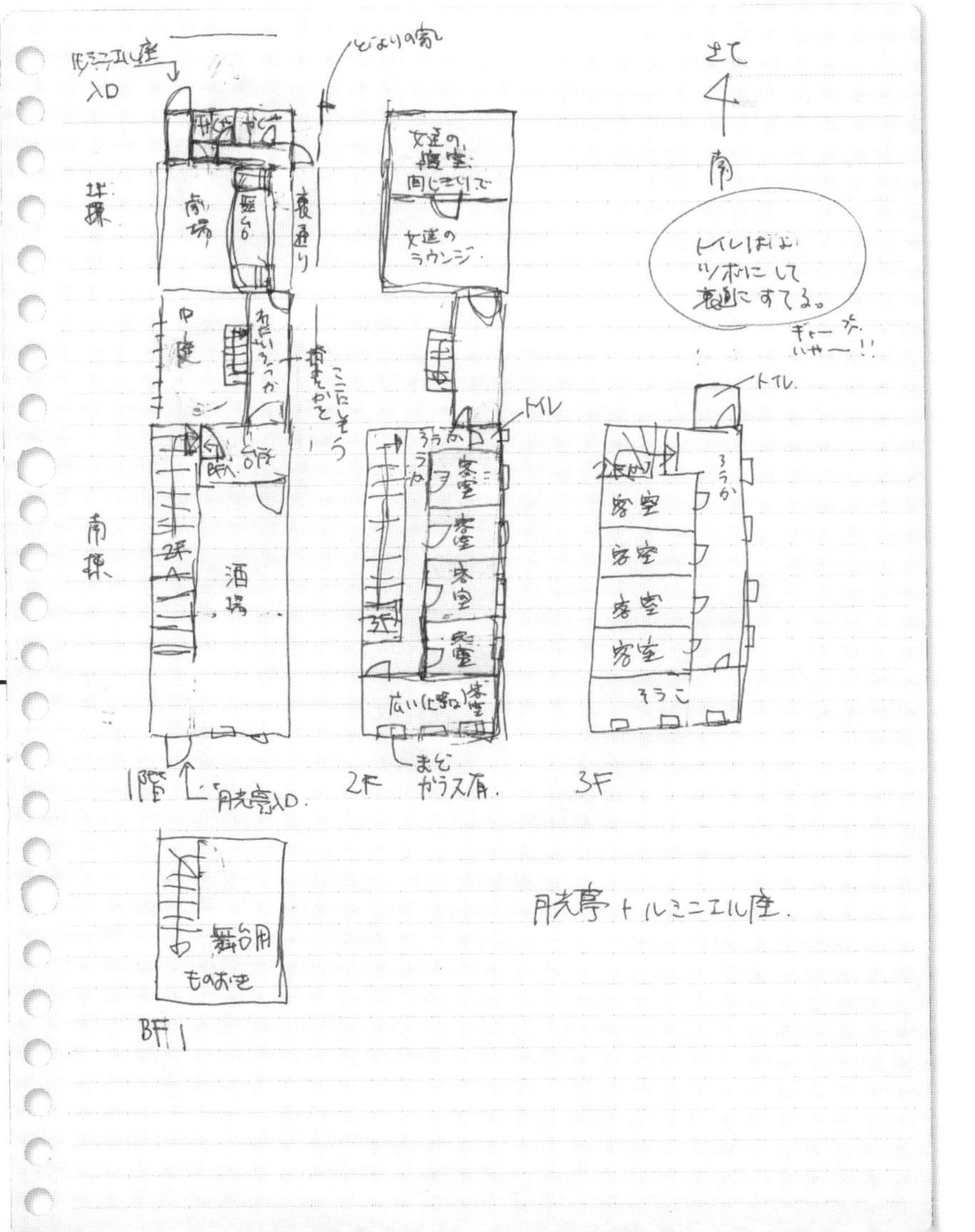

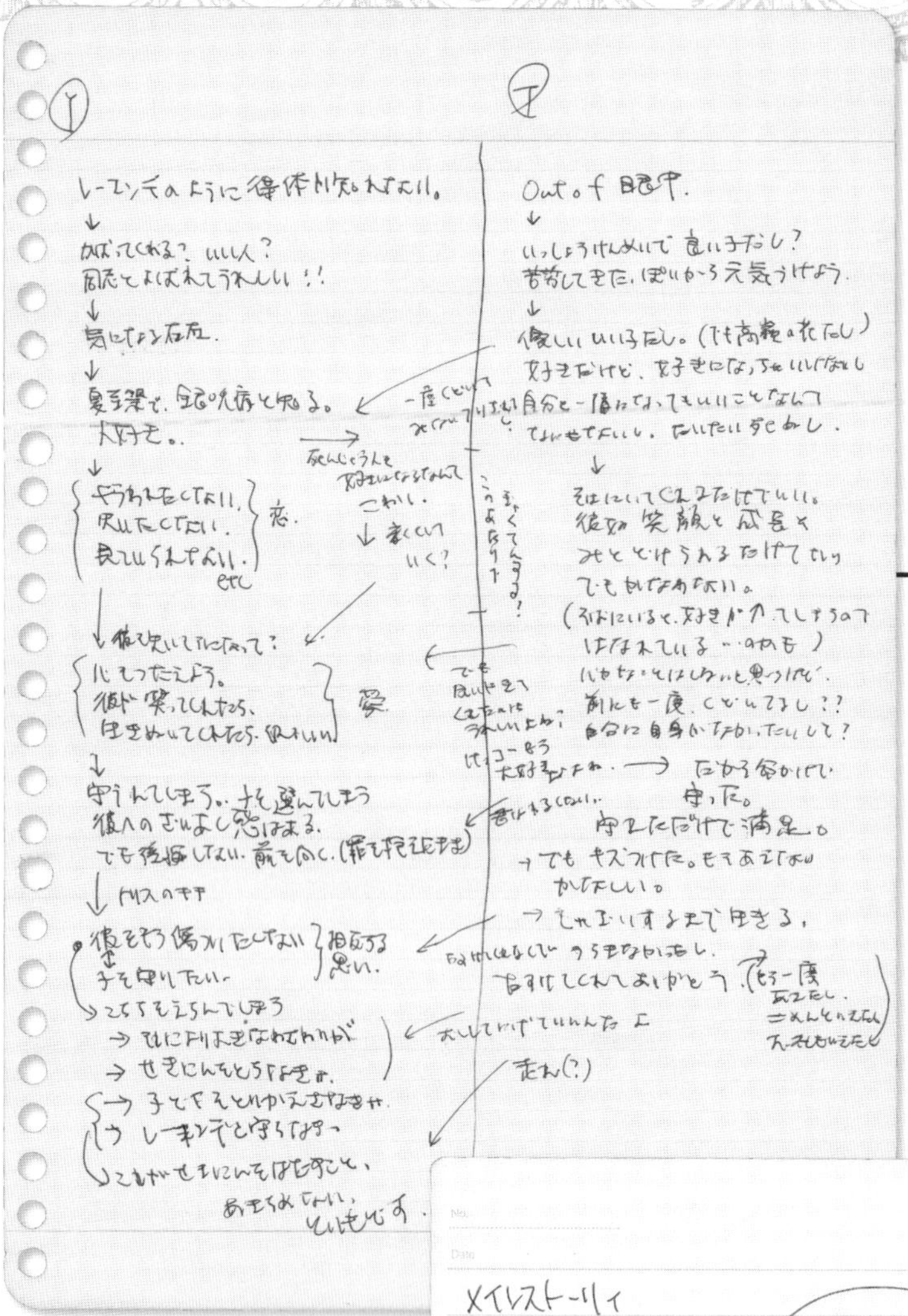

第一部
最初期のアウトライン

ユリアとトリスタンの関係性、心の動きをまとめた最初期のメモ。好意、罪悪感、使命がない混ぜとなった二人の心が揺れ動く。著者によれば、ユリアがどういう人物なのか、締め切りのギリギリまで悩んだという。

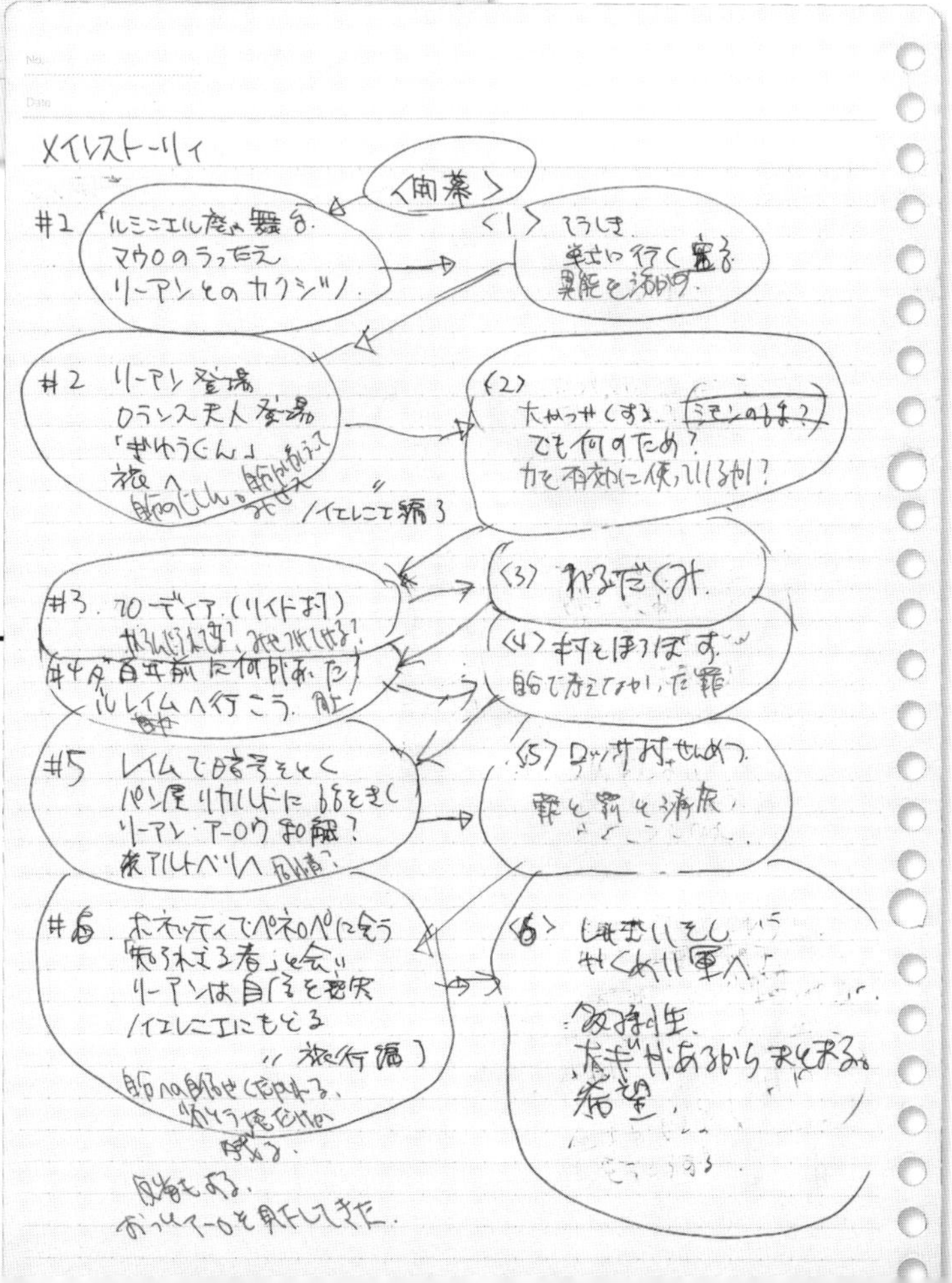

第三部
「喝采か沈黙か」
最初期のアウトライン

第三部「喝采か沈黙か」は、メインストーリー各章の間に、戯曲『月と太陽』初演時の物語が展開するが、このメモを見ると最初期では異なる構成（戯曲の物語そのものが挟み込まれる）が考えられていたようだ。このような大きな変更も珍しくないという。

多崎礼 インタビュー
Ray Tasaki Interview

革命の話なので、一度は焼け野原にしないといけない

幻想とリアリティ、苛烈《かれつ》さとロマンティシズムが奔流となって駆け巡る『レーエンデ国物語』の壮大な世界は、いかにして生まれたか？　作家・多崎礼のイマジネーションに迫る。

インタビュー内で、物語の展開や結末に触れている部分があります。お読みいただく前に、「レーエンデ国物語」の第一部から第四部まで通してお読みいただくことをおすすめいたします。

国が亡びる話よりも、国を興す話を書きたい

――『レーエンデ国物語』の構想は、いつごろ生まれたのでしょうか？

最初に講談社さんから声をかけていただいたのが、二〇一六年ごろだったと思います。「架空の世界の年代記のような、大河ドラマ的な小説を書いてみないか」と言われて、すごく面白そうだなと思ったんです。そのときは「国が亡びるまでの話」という案をいただいたんですが、それなら「国を興す話」を書かせてほしいと言って、その方向で話がまとまりました。

もともと革命の話を書いてみたいと思っていたんです。それこそ、祖父の代にやったことが孫の代で結実するような、長いスパンで革命に至るまでの話を作りたいと思ったのが始まりです。

――五部作になるという想定はどのような経緯で？

最初と最後は決めていたんです。まず第一部で、レーエンデがどんな場所であるかを説明して、長い年月を間に挟み、革命が達成されるところで最終巻になる。その間はひとつの話では足りないし、ふたつだと型通りの起承転結っぽくて面白みがない。だいたい三本ぐらいの話になるだろうと思っていました。初期のメモにも「5」という数字はすでに書かれているので、もう直感のようなものですね。

全体の流れとしては、エールデが生まれて、すべてが始まるところまでが第一部。第二部では、第一部で「守るべきもの」

として描いたレーエンデの森を焼け野原にする。そこから芽が出るのが第三部で、それが育って実を結び始めるのが第四部。そして革命を描く第五部に続くという明確なイメージがありました。

――レーエンデの具体的なビジョンなども早々に思い浮かんだのでしょうか。

私は小説を書くとき、必ず地図を描くんです。ものすごく簡単な場合もありますが、今まで地図のなかった作品はありません。レーエンデの場合は、お話の性格上「閉ざされやすい土地」にする必要があったので、そこから考えていきました。周囲を大きな山脈に囲まれていて、ある道が通れなくなると山越えできず、一切出られなくなる。そういう地形や歴史などを考えていくうえでモデルにしたのは、スイスなんです。もともと多民族国家だし、山に囲まれていてヨーロッパから孤立した時期もあるし、核となる産業がないから、成人男性は傭兵となって糊口《ここう》をしのいでいた時期もある……いろいろと物語のイメージと条件が合ったんです。読む人が読めばわかると思うんですけど、スイスの歴史を勉強してモデルにさせてもらったところが多々あります。

――スイスには前から興味があったんですか？

永世中立国という独特の立ち位置が興味深かったし、モデルにしやすかったところもあります。あと、まるっきり私事なんですけど、テニスプレイヤーのロジャー・フェデラーが大好きなんです。やっぱり好きな人の出身国って、興味や好意をもって知ろうとするじゃないですか。そのうちに「これは面白いな、使えるな」と思って。

――ファンタジーといっても、政治・文化・民族・宗教といったリアルな社会の様相を描いているのは、なぜなんでしょうか？

革命史を書こうと思った時点で、政治と宗教は切り離せないものでした。意識してそうしたというより、自然発生的にそうなったという感じですね。あとで担当編集さんに「あと五つ、ファンタジー要素を足してくれ」と言われたくらい（笑）、リアルな革命史のつもりで書いていました。

――ファンタジー部分に関してはどのような発想で？

私は結末からストーリーを考えていくタイプなんですが、革命に至るまでの年代記と並行するファンタジー要素として出てきたのが「神の御子」という存在でした。ファンタジー要素についても、最後に「神の御子」が解放されるという結末にたどり着くために、いろんな前振りをしている感じです。銀呪病も、天満月の乙女も、始原の海もそう。すべて逆算して考えています。

“革命史を書こうと思った時点で、政治と宗教は切り離せないものでした”

◇どうしても重い話になってしまうんですが それが当然だろうと思うんです

――各部ごとに定めた個別のテーマはありますか？

第一部では、レーエンデという土地を描いて、そこを好きになってもらうのが、いちばんの目的でした。怖いけれど美しい場所でもある、その世界観を理解してもらって、好きになってもらう。だからこそ、第二部で焼け野原にしたらきっとショックを受けてもらえるだろうな、と。やっぱり革命の話なので、一度は焼け野原にしないといけない。どん底から立ち上がる話にしないといけないので、それは最初から決めていました。

――〝失敗する革命〟を描くのは難しくありませんでしたか？

自分のなかで第二部は初めから失敗ありきで考えていたので、迷いなく書けました。でも、読んでいる方が「あと一歩だったのに」と思えるくらいのところまでは行かせたいし、どこか危ういところも出したい。

もしあのまま革命がうまくいったとしても、結局テッサたちの目論見は瓦解《がかい》したと思うんです。現人神《あらひとがみ》である法皇帝を殺した時点で、敬虔《けいけん》なクラリエ教徒である帝国配下の国々に攻め込まれるでしょうし、レーエンデ人同士の結束もまだ脆《もろ》い。テッサはそこまで考えずに突き進んでしまった。逆に成功していたら、もっと恐ろしい結果を招いたんじゃないかと思います。だから、完膚なきまでに革命が失敗したあとテッサは、なぜそうなったのかを考察し、最終的に「教育が足りなかったのだ」という結論が出てくるわけです。

――第三部については？

第三部では、芸術によって人々の心を動かし、教育という種を蒔《ま》くところまで描いています。第四部になると、時代が移って、人々の考え方も変わってきている。これまでは被支配者層のレーエンデ人たちの物語だったけど、今度は支配者層のイジョルニ人にも意識改革の波がやってきて、世界の在り方に疑問を抱き始める。最終的には、すべての民族が手を取り合わないと革命は成し遂げられないことを思い知り、第五部へ……という流れですね。だから、第一部ではウル族、第二部ではティコ族、第三部ではノイエ族、そして第四部がイジョルニ人のドラマになっているんです。第五部ではそのすべてが登場するというかたちになります。

――五部作を通して、常に意識している共通のテーマみたいなものはありますか？

すごく当たり前のことですけど、「ひとりじゃ何もできないけど、みんなで手を取り合えば、きっと何か大きなことができる」ってことですね。それを百年単位で間隔を置きながら、次々とバトンが渡されていく歴史劇のなかで描く。その〝継承〟も大きなテーマとしてあると思います。

――各巻の年月の開きも、同時にイメージされていたんですか？

長い話にしようと言われたとき、それなら各巻で登場人物がまったく被《かぶ》らない、違う時代の別の話にしようと思ったんです。前巻のキャラクターが次巻にも出てくるような展開にも少し惹かれたんですが、そうすると「今回、あのキャラの出番が少なくて残念」みたいな、登場人物への愛着が作品の物足りなさに繋がってしまう気がしたんですね。それなら、百年ぐらい空けてしまおうと。

私はそれがベストの方法だと思っていたんですけど、意外と驚かれるんですよね。「えっ、あのキャラ、もう出ないんだ」みたいな。そう考える人もいるんだな、と書いてから初めて気がつきました。

――物語の進み方にも、多崎さんの歴史観や世界の捉え方が色濃く反映されているように思いました。

簡単に革命が成し遂げられちゃうと嘘くさいし、どうしても重たい話になってしまうんですが、それが当然だろうと思うんです。実際の歴史を紐解いても、そんなに簡単な成功例はあまりない。もちろん無血革命というのも歴史上にはありますけど、そこに至るまでには弾圧があったり、駆け引きがあったり、せめぎ合いが必ずある。歴史を見れば見るほど、自然とそういう物語になっていった感じです。

言ってしまえば、第五部が終わってからもレーエンデの物語は続いていくので、きっとまだ苦労すると思うんですよ。小さい国だし、産業もないし、強国に囲まれているし。そういう苦難の予感も、第五部では書きたいなと思っています。

――物語を通して読者の視野を養いたい、という啓蒙《けいもう》意識みたいなものはあるんですか?

そこまでは思ってないです。もちろん私がこの世界に生きていて感じたり、考えたりしたことは、小説にも反映されると思います。でも、それで誰かを啓蒙しようとか、正しい方向に導いてあげようとか、そんな偉そうな考えで書いているわけではないんです。ただ、知識として入れておく分にはいいかな、ぐらいの感じですね。

たとえば、民主主義がいかに大変な努力で勝ち取られてきたものなのか、それがいかに大切なものか、そしていかに維持するのが難しいものか……といったことは描きたいと思います。でも、それは小説を通した疑似体験的なもので、のちのち現実世界で読者の方が何かを選択するときの一助にでもなればいい。あとは、なんとなくファンタジー小説だと思って読んで、ふと「あれ、いまの日本の状況みたい」とか思ってくれる人がいたらうれしいな、とは思います。

◇どこまで悪を魅力的に描けるか ルクレツィアに託した挑戦

――執筆中、当初のイメージから大きく変わった部分はありますか?

思い返すと、全然ないんですよね。本当に計画どおりに書き進めています。もちろん細かい変更点はたくさんあって、たとえば登場人物の年齢、性別、名前、あと性格も変えたりすることはしょっちゅうあります。

基本的に物語から考えるので、その物語を進めていくために必要なキャラクターを駒みたいに置いていくんです。キャラクターA・B・C・Dみたいな感じで、最初は名前すらない。そうやって仮に配置しておいて、さあ始めるかという段階で初めて年齢や性別を決めていきます。

――でも運命は変わらない。

そうです。その人にやらせたい人生というか、役目はもう決まっている。どんな人物にその役割を担ってもらえば、物語として面白くなるのかな、と考える感じです。だから、けっこう書きながらコロコロ変わっていきますね。

――主人公にはいつも対《つい》になるキャラクターが設定されていますが、このスタイルも初期から想定されているのでしょうか。

ダブル主人公でいこうと思ったのは、ふたりの視点があったほうが世界を広く描けるから。特に第二部は、テッサとルーチェが離れてバラバラに動くからこそ、あの広い世界を見渡すことができる。

第一部の場合は、読者の方もレーエンデに初めて来るので、同じく初めての視点を持っているユリアと、そのガイド役としてレーエンデ人のトリスタンを配置しています。第三部では「天才と凡人」を描きたかったので、ああいう主人公像になりました。

“レオナルドよりもルクレツィアのほうをすごく描きたかったんです”

――第四部の主人公たちに関しては？

第四部は、目的は同じでもアプローチが全然違うふたりの話にしたかったんです。どちらかというと、レオナルドよりもルクレツィアのほうをすごく描きたかったんですね。とんでもなく残酷で最悪なことをしても悪びれない、なのに最後までどうしても憎み切れない。そういうキャラクターを描いてみたかったんです。しかも、まだ幼さの残る女の子として。

最初に決めたのは、第二部のルーチェと被らないこと。ルーチェは良心を残しながら、それが必要だと考えて残酷なことをするんですが、ルクレツィアはそんな良心を振り捨てて残虐非道な行いを重ね、それを楽しんじゃう。これが私の正義なんだと信じて、どんどん悪い方向にエスカレートしていく。そういう人物をどこまで魅力的に描けるか、という挑戦もしたかったんです。

――その意欲はどこから生まれたんですか？

すごくメタ的な目線から言えば、やっぱりレーエンデがいつまでも煮え切らないので、最後のひと押しをするキャラクターが第四部で絶対に出てこなければ、という思いがありました。罪悪感を抱きながら自分を犠牲にする、残酷に見えて実は良心のある人だったという描き方もできなくはなかったし、それなら感情移入も同情もしやすかったと思います。でも、それだとルーチェの焼き直しになるから面白くない。

だから、ルクレツィアは読者に蛇蝎《だかつ》のごとく嫌われても全然オッケーだと思ってるんです。それはそれで正しい感覚だと思いますから。「どうしてこんな子になったのか」と分析してくれてもいいし、ただ「クレイジーな子」として見てもらってもいい。

◇ 苦労したのはユリア　苦労しなかったのはトリスタン

——そのほかに、特に描くのに苦心した登場人物、あるいは筆がすいすい進んだキャラクターはいますか？

いちばん苦労したのは第一部のユリアで、その次が第三部のアーロウですかね。ユリアは貴族のお姫様なので、どこまでその感じを出せばいいのか、まったくわからなかったんです。私自身が乙女心をどこかに忘れてきた人間なもので（笑）。あんまりお嬢様っぽくして「この子キライ」と読者に思われるとマズいし、イイ子すぎても鼻につくし、そのバランスが摑みにくかった。結局、何度目かの改稿で、明日か明後日には原稿を編集に戻さなきゃいけないというとき、ようやく摑めたんですよ。

——それはどういう部分ですか？

「私は名前をとったら何も残らない、空っぽな人間なんだ」という彼女の自意識ですね。シュライヴァという家名がないとアイデンティティを確立できない、だから本当に自由の身になったらどうすればいいかわからない、そんな恐怖を抱《かか》えている。それでも私は自由になりたい、それを望んでいたん

“いやあ、怖いですね！ もう何を言われても怖いです”

だと気がつく展開にすれば、物語の最後までいけることに気づいた。それで、二日間で全部書き直したんです。

——二日間で！

あれは大変でしたね。逆に、トリスタンは全然苦労しませんでした。ちょっと飄々《ひょうひょう》としていて、でも生まれは不幸で何かを心の奥に抱えている人物というのは、個人的には非常に理解しやすいし、テクニックとして書きやすい。だからこそ、彼はあのポジションにいるんです。いちばん書きやすいキャラクターをガイド役に持ってくれば、私もレーエンデに馴染みやすいし、物語に入っていきやすい。だからといって好きなキャラクターかというと、そういうわけではないんですけどね。

——第二部はいかがですか？

テッサは書きやすかったです。彼女もイイ子なんだけど、なんだろう、純粋だからかな？　いや違うな、元気だからですかね。まるで迷いませんでした。

——第三部のアーロウは？

正確に言うと、アーロウよりリーアンが難しかったかもしれない。リーアンの天才児というキャラクターがなかなか定まらなかったので、それに付随してアーロウも書けなかった気がします。わがままに見えて実はちゃんと弟のことも考えていたというリーアンの性格ができてから、ようやく兄弟の立ち位置が決まった。でも、苦労としてはユリアの半分くら

いでした。

（担当編集）リーアンとアーロウの描写は、本当にギリギリの段階まで引っ張りましたよね。

そうなんですよ。最後にふたりの運命が決する瞬間に合わせて、それまでの描写に整合性を持たせるために、けっこう土壇場で変えなきゃいけなかったんです。それで再校のとき、三十六時間原稿を書くことになって。

――再校で!?

そう。あんなギリギリのタイミングで、あそこまで直すとは思いませんでした。とんでもないアクロバット技だったので、もう二度とやりたくないですね（溜め息）。

――第四部では、初めて明かされるエールデの姿も見どころです。これも計画どおりの構成ですか？

もともとそのつもりではいました。レーエンデがなぜできたのか、エールデがどういう存在なのか、それは第四部で種明かしを全部してしまおうと。ただ、意図的に隠そうと思っていたわけではなくて、あくまで物語上の必然です。

第三部までの主人公たちは、シャイア城にアクセスできる階級や立場にいなかったので、エールデに会えなかった。第二部では実在なのかすら定かではない存在として隔離されているので、ルーチェが泣き声を聞く描写ぐらいしか出せませんでした。第三部はそもそも劇中にイジョルニ人の貴族階級が出てこないので、一切登場しないことになったんです。

――第四部ではみんな驚くと思いますけど、読者のリアクションは今から楽しみですか？

いやあ、怖いですね！　もう何を言われても怖いです。跳馬で言うと、走って踏み切って手をついたところまでしか行ってないと思っているので、今からひねって着地しなきゃいけないのにプレッシャーが凄くて……「ここでコケたらどうしよう」みたいなことばかり考えてしまいます。でも、どんなに頑張っても自分の才能以上のものは出せないので、いままでどおり、自分のやれる範囲で書いていきます！

イメージを補強する風景、エモーションを喚起する音楽

――執筆に入る前のイメージ段階では、どんな環境に身を置きますか？

最初に構想を練るときは、外にいることが多いですね。家にいると別の視点が入ってこないので、行き詰まったときに新しいアイデアが浮かびにくい。だから、外を散歩しながら「さぁどう乗り越えるかな」と考えて、いい案が浮かんだら喫茶店とかに入って、わーっとメモを書き留めて、また停滞したら散歩再開、みたいな感じです。

作中のイメージに関連するものを見に出かけることもあります。海を見に行ったり、水族館に行ったり。私は虫がダメなので、山にはあまり足が向かないんですが、最初にレーエンデをイメージしようとしたとき、森の音を聞きたいと思ったんですね。それで新宿御苑には行ったりしました。この程

度ですみません（笑）。

――映像作品や音楽などから触発されることは？

レーエンデのモデルがスイスなので、その風景がありありとわかるような作品は必ずチェックしたりしました。私は都会で生まれ育ったので、たとえば森林が途切れて平原になる境目や、山岳地帯から丘陵地帯に変わる境目などは見たことがなかったんです。それで、スイスが舞台の映画とか、アルプスの山々を映したネイチャー番組とかを観ながら「こうなってるんだ」と、細かくメモを取ったりもしました。それらは世界を描写するための材料で、キャラクターの感情面とかを考えるときは、わりと音楽からインスパイアされますね。

――たとえば、どんな音楽ですか？

普段から洋楽を聴くのが好きなので、そこから喚起されることが多いです。最初に思い浮かんだのは、トレイシー・チャップマンの「Talkin' Bout A Revolution」。各巻の冒頭に入る「革命の話をしよう」というフレーズはそこから来ています。あと、ワンリパブリックの「Let's Hurt Tonight」という曲も、第二部を書くうえでモチベーションになりました。「愛し合うことが傷つけ合うことなら、今夜ふたりで傷つけ合おう」という歌詞が、まさに第二部の内容

“洋楽を聴くのが好きなので、そこから喚起されることが多いです”

だなと思って。第三部で言うと、ルーカス・グラハムというバンドの「7 Years」という曲のMV。詞を書いたノートが炎に包まれて、ページが灰になって散っていくシーンがすごく印象的だったんです。直接反映はしていませんが、大切なものが灰になるというイメージをそこから膨らませていきました。あと、言うまでもなくミュージカル『レ・ミゼラブル』の「民衆の歌」の影響もあります。けっこう多くの方に見破られて意外でしたが（笑）。

――小説では何かありますか？

田中芳樹先生の『銀河英雄伝説』シリーズを学生時代に読んで、こういうスケールの大きい物語を書いてみたいと思って真似したことがあるんです。でも、当時は知識もなければ技術もないので、見事に失敗しまして……。このネタは自分に力がつくまで眠らせようと封印したんです。そのときに書こうと思っていたのが、若者たちが革命を起こすという話で、まさに第五部そのまんまの内容だったんです。いま、ようやくそれが書けるという感じですね。着想の源としては、それがいちばん大きいでしょうか。

――第五部を待ち望んでいる読者にひと言、お願いします。

やっと革命のときまでたどり着きました。第五部の主人公は、第二部でテッサが発した〝ある言葉〟に呼応するセリフとともに、革命を始めます。そこから終幕に至るまでの物語は、もう決まっています。楽しみにしていてください。

Chapter V

Regional Geography

第五章 ✷ 地誌

恐ろしくも美しいレーエンデ。
その姿は時代とともに
大きく様変わりしていく。
自然、動物、風俗に商業——。
残るものもあれば、
消えていくものもある。
そうしたものをここに記す。

第五章「地誌」

自然

訪れる者を魅了する、豊かな自然に恵まれたレーエンデ。
しかし同時に、その自然は人に対しても牙を剝く。

【大アーレス山脈】

レーエンデの北に横たわる、万年雪をいただく大山脈。小アーレス山脈とともに、かつての聖イジョルニ帝国を南北に二分した。

季節ごとに色彩を変える美しい景観は多くの人々を魅了するが、その山道はひたすら険しく、山越えを試みる旅人を苦しめてきた。曲がりくねった細道、雪解け水にぬかるんだ坂道は、一歩間違えば谷底へ落ちかねない危険に満ちている。

古代樹の森や西の森を歩くためには、山脈の形や目印となる山頂までの距離、太陽や影の角度も考慮しながら現在地を類推《るいすい》する必要がある。それができないと、森歩きで容易に道に迷ってしまう。

また、秋には「大アーレスの山颪《やまおろし》」と呼ばれる強い北風が吹き、足止めされることも。

さらに大アーレスに新雪が降ると、山颪が花片のような「氷雪花」を古代樹の森に飛ばし、冬の到来を告げる。晴天に舞う「氷雪花」はとても美しいが、それに触れようとすると跡形もなく消えてしまう。

【名峰】

大アーレス山脈の最高峰であるエンゲ山は山脈のほぼ中央に位置している。夕暮れ時、周囲の山々が闇に沈んでも夕陽に赤く照らされ続ける山頂は、ティコ族に「テスタロッサ（赤い頭）」と呼ばれ、英雄テッサ・ダールの面影を重ねて親しまれた。

レーエンデの最東端にあるのが、尖った頂が特徴的な青峰バルバ山。この山では岩塩を採掘できる。

山脈のもう一方、西側にある名峰が「白い貴婦人」と呼ばれるアンセム山。その裾野には、大小の岩が折り重なる砂礫の斜面が広がっている。砂岩は砕けやすく、絶えず砕けた岩が斜面を転がり落ち、足を滑らせれば崖下へ滑落《かつらく》する危険がある。

【虹の貴婦人】

アンセム山の山頂が虹色に輝く現象。年に数回、ほんの数分しか見ることができない。真夏の暑さを和らげ、初秋の慈雨をもたらすものとして、レーエンデ人はこの虹を「虹の貴婦人」と呼び、吉兆《きっちょう》として見るが、北側のシュライヴァ州では大雨と水害をもたらす凶兆《きょうちょう》とされている。

【見返り峠】

外地とレーエンデの境にある大アーレスの峠は、レーエンデの人々には「見返り峠」と呼ばれる。レーエンデに来る者、レーエンデを去る者、誰もが等しく立ち止まり、置いてきたものを振り返ることから、その名がついた。

【小アーレス山脈】

レーエンデの西から南まで取り囲む壁のごとくそびえる山脈。大アーレス山脈同様、山頂に万年雪を頂いた景観は美しく、道は極めて険しい。危険な断崖絶壁は数知れず、裾野《すその》には迷宮のような森が広がる。「フェルゼ馬がなければ帝国軍でも山越えは難しい」とさえいわれる。

小アーレス山脈において、外地とレーエンデを結ぶ唯一の道はラウド渓谷路であり、関所のアルトベリ城を通過してロベルノ州へ出るには、法皇庁が発行した通行証が必要となる。だが、レーエンデの民に通行証が交付されることはなく、違反者は見つかり次第、殺された。ゆえにアルトベリ城は、レーエンデの民をかの地に閉じ込めるための「牢屋の鍵」ともいわれる。

【古代樹の森】

かつてレーエンデ北東部に広がっていた美しい森。多彩な色に満ちた豊かな森に、化石化した乳白色の巨木群が屹立し、そこにウル族の集落が点在していた。ウル族にとっては何より神聖な場所であり、この森から一度も出ることなく一生を終える者も多かったという。交易路建設計画の際にも、街道敷設《ふせつ》は古代樹の森を避けるべしという条件が出されたほどである。

聖イジョルニ暦五四二年「奇跡の日」の後、時の法皇アルゴ三世によりレーエンデの自治権が剥奪されると、ウル族は古代樹の森に立てこもり抵抗運動を続けた。しかし、聖イジョルニ暦六七四年、テッサ・ダールの死後、初代法皇帝エドアルド・ダンブロシオは古代樹の森に火を放ち、その大部分を焼き尽くしてしまう。この「狂月の大火」により、多くのウル族は古代樹と運命をともにした。わずかに生き残った者たちは帝国に降伏し、一部の者は西の森に築いた隠れ里に身を隠すことになる。

【西の森】

レーエンデ西部に広がる未開の森林地帯。鬱蒼《うっそう》として昼でも暗く、夜にはヒグロクマやヤミオオカミといった恐ろしい肉食獣が跋扈《ばっこ》する。迷路のように入り組み、起伏に富んだ地形には小道も目印もないため、不用意に足を踏み入れれば生きて出ることもかなわない。ウル族の狩人でさえ滅多に足を踏み入れることはなく、精鋭揃いの王騎隊も進入をためらうほどの「魔の森」である。そんな過酷な森であったため、かつて西の森は銀呪病の末期患者が捨てられる場所でもあった。

わずかに人の営みを感じさせる、西の森の狩猟小屋は、遭難や「幻の海」を避けるためにウル族の狩人が築いたものである。

そうした環境を逆手に取り、西の森はレーエンデ解放軍のような山賊の住処、あるいはウル族のハグレ者たちが隠れ里エルウィンを築く格好の場所ともなった。西の森にほど近いボネッティに生まれ育った幼き日のレオナルド・ペスタロッチにとっても、冒険心をくすぐる大事な遊び場であった。

【中央高原地帯】

レーエンデ中央部に開けた高原地帯。主にティコ族が酪農と農業を営み、広大な黒麦畑が広がる穀倉地帯である。

この畑はかつてノイエ族によりもたらされた知恵と技術の賜物であり、多くのティコ族を飢餓の恐怖から救った。その返礼としてティコ族がノイエ族のために築いた都市がノイエレニエである。

その後、鉄道路の発達により、古都レイルと聖都ノイエレニエを結ぶ鉄路が中央高原を縦断するかたちで敷設された。

【レーニエ湖】

レーエンデ南東に位置する広大な湖。大アーレス山脈を源とするイーラ川、ロア川、ガラン川、そして小アーレス山脈からはロイズ川が流れ込んでいる。

湖畔にはかつてティコ族が暮らし、のちに聖都として聖イジョルニ帝国の中心地となる都市ノイエレニエがある。湖上には孤島城ことシャイア城が建てられ、歴代法皇（法皇帝）がそこで暮らした。

帝国建国以前、この地で漁師を営んでいたライヒ・イジョルニは、嵐に呑まれてレーニエ湖中に沈み、未来視の力を得て戻る。そして西ディコンセ大陸を平定し、聖イジョルニ帝国を築いた。レーニエ湖の孤島で「神の御子」が誕生することも予言し、レーエンデを庇護することも国法で定めた。

しかし、法皇庁は始祖の意志に背いて神の御子をシャイア城に幽閉《ゆうへい》し、始原の海に還さなかったため、レーニエ湖には満月の夜のたびに幻の海が現れることになる。その代わり、レーエンデ各地に幻の海が現れることはなくなり、銀呪病患者の数は激減したといわれている。

第五章「地誌」

銀呪

レーエンデを外地と隔てたものは、地理的条件だけではない。不治の病「銀呪病」の存在が、外地の人々を遠ざけた。

【幻の海】

月に一度の満月の夜、レーエンデに出現する現象。幻の海に呑まれた者は、不治の病「銀呪病」に罹《かか》るため、レーエンデの民は満月の夜には屋内に閉じこもり、決して外に出ない。

幻の海が出現すると、大気を満たす銀呪の影響で水や霧が結晶化し、銀色に変化する（幻の海が去れば元の水に戻る）。そこに異形の魚群の幻影が現れ、銀色の海を泳ぎまわる。その光景は幻想的で美しい。

聖イジョルニ暦五四二年四月十四日、「神の御子」が誕生した夜にも、レーニエ湖に幻の海が現れる（その日は満月ではなかった）。のちに「奇跡の日」とも称されたこの日を境に、幻の海はレーニエ湖にだけ現れるようになる。それ以来、レーエンデの民は銀呪病の恐怖から解放された。

第二代法皇帝ルチアーノ・ダンブロシオは、この幻の海を利用した「犠牲法」を制定。満月の夜、十三人の咎人《とがにん》を舟に乗せてレーニエ湖に放ち、銀色に硬化した湖の上で幻魚に喰わせるという残酷な法律で、法皇帝の意に反する者が数多く処刑された。

【銀呪病】

レーエンデ特有の風土病。全身が銀の鱗に覆われ、やがて死に至る。病の進行には個人差があるが、発症してから十年以上生きた者はいない。伝染病ではないが、治療法も特効薬も存在しない。

手足の銀呪化は麻痺を伴い、やがて運動機能を損なう。体表面に現れる銀呪化がわずかでも、内臓が銀呪に冒されている場合があるため油断はできない。突然倒れて息絶えることもある。

銀呪病に罹った男性は、生殖能力を失い、女性は妊娠が難しくなる。そして銀呪病患者が死ぬと、遺体は数時間でひと握りの灰になる。さらに、なぜかレーエンデで生まれ育った者より、外地からやってきた者が罹りやすい。

また、外地の空気に触れると銀呪の増殖が早まる性質があるため、銀呪病患者はレーエンデから出ることができない。

【銀夢草】

レーエンデ特有の多年草カラヴィスが銀呪病に冒され、銀色に変化したもの。強い鎮痛作用を持ち、古くから薬草として重宝されている。乾燥させて粉にしたものは、獣よけにもなる。

銀夢草で作った葉巻には、鎮痛効果のみならず絶大な多幸感をもたらす効果がある。依存性が強く、中毒症状も引き起こしやすい。常用すれば精神に異常をきたし、やがて死を招くことになる。それゆえウル族の集落では銀夢葉巻の使用も、銀夢草の採取も禁じられていた。

銀夢草の専売権は法皇庁にあり、密輸・密売・密造は厳重に取り締まられた。しかし、莫大な利益を目当てに銀夢草商売に手を出す者は多く、古くはノイエ族の神歴史学者エキュリー・サージェス、そして西教区司祭長エットーレ・ペスタロッチとその息子ヴァスコらの潤沢な資金源となっていた。

【幻魚】

幻の海に現れ、空中を自在に泳ぎ回る異形の魚の群れ。背中には無数の棘が並び、帯状の鰭《ひれ》が垂れ下がり、

Mermaid Feet
【人魚足】

銀呪病を患い、まるで人魚のように両脚が銀の鱗に覆われた状態のこと。人魚足まで病状が進行すると、足が硬直し動かせなくなるため、移動には補助が必要となる。病状によってはひれ状のものが現れる場合もある。

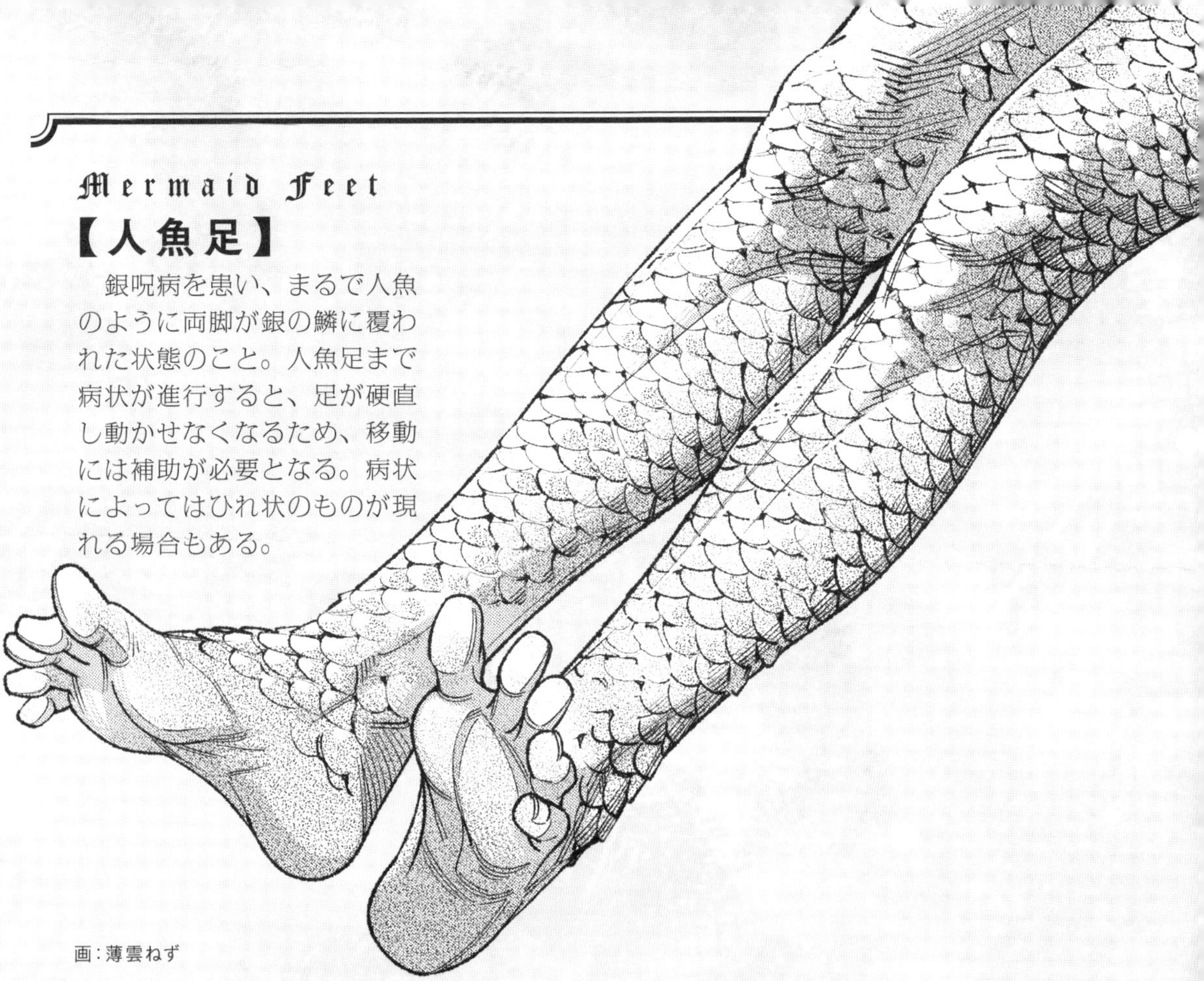

画：薄雲ねず

ひとつとして同じ姿の個体はない。その体は半透明で、目には見えても実体はない。

鉄鈴の音を嫌うため、かつてレーエンデの民は家の軒先や窓の外に鉄鈴を吊るした。また、満月の夜のあとに森に落ちた幻魚の鱗は、ウル族が古代樹の森の目印に用いていた。

神の御子が誕生した「奇跡の日」の夜、レーニエ湖に出現した幻魚は初めて実体を伴って現れる。鋭い牙で孤島城の衛兵たちを食い荒らし、ノイエ族の街を完膚なきまでに破壊した。それ以降、幻の海がレーニエ湖にだけ現れるようになってからは、幻魚は何かを探すように湖上をさまよい、「犠牲法」の受刑者たちを食い荒らす怪物となる。しかし、幻魚よけの鐘が打ち鳴らされるせいで、孤島城（シャイア城）には近づくことができない。

【銀天使】

銀呪病に罹った生き物は、人間と違って全身を銀呪に冒されても生き続け、その姿の美しさから「銀天使」と呼ばれた。その身体は本物の銀のように硬く、体温を持たない。一説には、銀天使とは銀呪病に罹って死んだ生き物に、泡虫が入り込んで、自在に動かしているとも言われている。

また、銀天使は神の使いとも称され、その話し声が聞こえるという者もいる。「神の福音を授かった」と大仰に語るクラリエ教の聖職者もいるが、なかには変人扱いされることを避けて、誰にもそれを明かさない者もいる。のちに革命の闘士として名を馳《は》せたレオナルド・ペスタロッチもその一人。彼の異母妹、ルクレツィアに運命を告げたのも、エドアルドという名のウロフクロウの銀天使であった。

【泡虫】

レーエンデで時折見られる、宙に浮かぶシャボン玉状の球体。大小さまざまの姿で、樹海の中から湧いてくる。その正体は不明だが、まるで意志のある生き物のように（あるいは人魂のように）動き、人を導いたり、寄り添ったりすることがある。

第五章「地誌」

植生

古代樹に住む時代は去り、外来のエストイモが人々の腹を満たす。開発により、変わりゆくレーエンデの植生を解説。

画：薄雲ねず

Singing Tree / Klang

【歌う木／クラング】

イーラ川流域の森に群生する低木。一年に一度、もっとも美しい秋晴れの日に実が八つに裂け、薄くて透明な四枚の羽根をもつ種子を振りまく。数万もの種が風に乗って飛び立つ際、「ピン、キィン、ポロン」「リン、トォン、ロロン」という哀愁漂う不思議な音色を奏で、森は長い冬の眠りにつく。

【古代樹】

巨大な樹木が長い年月をかけて化石化したもの。緑の森から、巨大な乳白色の幹がいくつも屹立するさまは、レーエンデ特有の光景である。

ウル族はこの古代樹の洞《うろ》に住居をしつらえて暮らしてきた。洞の内部は広く、内壁は樹木というより波紋石のようである。古代樹林マルティンでは十六本の古代樹に百人あまりのウル族が暮らし、エルウィンのような一本立ちの古代樹に暮らす者もいた。凶暴な肉食獣は古代樹の匂いを嫌って近寄らないため、なおのこと住居として重宝された。

【スグリの実】

春に実る希少な木の実。つやつやとした実は熟すと真っ黒になり、果肉は柔らかく、甘酸っぱい味と芳醇な香りをもつ。ジャムにしてパンに塗ったり、焼いたツノイノシシの肉に添えたり、料理の隠し味にしたりと用途は幅広い。枝には棘があるので、採取には注意が必要。

【オプストの実】

ウル族の黒パンの原材料となる木の実。硬い殻を叩き割り、中身を取り出し乾燥させ、石臼で挽いて粉にする。そこに水とミツカエデの樹液を足し、よく練って形を整え、じっくりと窯で焼くと黒パンの出来上がり。ただし、黒麦パンに比べると非常に酸味が強く、初めて食べるときはむせそうになる。

【ミツカエデ】

樹木の一種で、樹液を煮詰めて糖蜜にする。オプスト粉の黒パン、蒸かした芋を丸めて焼いた焼き菓子の味つけ、蜜酒の原料など用途は多彩。琥珀色をした蜜の結晶は、気付け薬にもなる。

また、市販のペンのインクには粘り気を出すミツカエデの樹脂が使われており、リーアン・ランベールはその感触を好まず、樹脂の代わりにエールデフラワーの花油を使った特注インクを愛用した。

【ホウキグサ】

西ディコンセ大陸に群生する野草。大アーレス山脈の周縁部によく見られる。秋には金の穂を揺らし、地表を黄金色に染める。晩秋にはその綿毛が風に乗り、秋空高く舞い上がる。

【ツチイモ】

レーエンデの代表的な農作物のひとつ。自給自足を規範とするティコ族の村の畑でよく栽培されている。

蒸かしたツチイモにバターを塗って食したり、潰して丸めて焼き菓子にしたり、ヒゴネと一緒にスープに入れたりと、調理法はさまざま。ただ、ツチイモばかり多いスープは美味しくないと一部では不評。

【黒麦／古白黒麦】

ティコ族を飢餓から救った重要な作物。ノイエ族がもたらした栽培技術により、中央高原地帯で広く育てられるようになった。夏の間は青々とした穂は、秋の収穫時期には黒く変化する。畑に適した農地を持たなかったウル族とは異なり、ティコ族は日常的に黒麦パンを享受することができた。

焼きたての黒麦パンは美味で、新鮮なチーズとの相性は抜群。ただし、乾燥すると硬くなり味は著しく落ちる。

古白黒麦は、焼け落ちた古代樹の森の跡地に広がる北部穀倉地帯で収穫された黒麦。通常の黒麦よりもさらに酸味が少なく、パン作りには欠かせない。

【イシヅル】

レーエンデの森に生える、丈夫なつる植物。イシヅルを撚り合わせた縄で作った頑丈な梯子《はしご》は、ウル族の生活必需品だった。テッサたちレーエンデ義勇軍も、イシヅル製のロープや網を重宝した。

【エストイモ】

エスト共和国との交易をきっかけに、瞬く間にレーエンデに普及した外来農作物。高原地帯に広大な畑が作られ、飢饉の年には多くのレーエンデ人を餓死から救った。いまやポピュラーな庶民の食べ物として定着したが、イジョルニ人の貴族階級が口にする機会はあまりない。

湯気が立つ黄金色の衣に、濃厚なチーズ味のソースをかけた、揚げたてのエストイモの串刺しは屋台の定番。レオナルド・ペスタロッチ少年は、その旨さに感動し、貧しくとも豊かな庶民の世界を知るきっかけとなった。

【カラヴィス】

レーエンデ特有の多年草。銀呪化したものは銀夢草となり、銀夢煙草に使用されるが、カラヴィスだけでも葉巻や煙草の材料になる。

聖イジョルニ暦九世紀ごろ、西教区司祭長エットーレ・ペスタロッチは、それまで不可能と言われていたカラヴィスの人工栽培に成功。これにより莫大な財産を築いた。

第五章「地誌」

動物

かつて森を支配していたのは、獰猛な〝けもの〟たちだった。
レーエンデの民は、そうした〝けもの〟たちと共存していた。

【シジマシカ】

レーエンデの森に生息する草食動物。シジマシカは串焼きや保存用の干し肉など、貴重な食料となる。弓の名手であるウル族ならば日常的に狩ることも可能だが、決して乱獲はしない。

銀呪病に全身を冒されたシジマシカは、立派な角から蹄の先まで銀色に輝いている。その姿は神々しいまでに美しく、さながら神の使いのように見える。

【ヒグロクマ】

レーエンデの民に恐れられる、獰猛かつ凶暴な野生動物。灰色の毛並み、金色の眼、黒光りする鋭い爪を持つ。主に西の森に出没し、人間や馬までも襲う。獣の臭気を放ち、威圧感あふれる巨体と不気味な咆哮《ほうこう》で、運悪く森で出会った者を凍りつかせる。

古代樹の匂いを嫌うが、餌が少ない冬の時期には人間の集落近くに現れることもある。また、春に冬眠から目覚め、空きっ腹を抱《かか》えた個体は非常に危険である。

ダール村の村長テルセロのニックネーム「ダールのヒグロクマ」のように、頑強な人間の喩《たと》えにもよく使われる。

【ツノイノシシ】

レーエンデの森に生息する野生動物。その肉は御馳走であり、煮て良し、焼いて良し、燻製にすれば保存食にもなる、貴重な森の恵みである。

【スミネズミ】

古代樹の森のような自然豊かな場所でも、古都ノイエレニエのスラム街のような雑踏の中でも、その姿を見ることができる小動物。群れで行動し、どんな環境にも順応する逞《たくま》しい生き物。その逞しさゆえに、穢れの象徴や、コソコソ隠れて生きる臆病者の代名詞にされがちな不憫な存在。

【レイルリス】

レーエンデの森に生息する愛らしい小動物。森の住人にとっては大事な食料でもあり、特にまるまると太った個体が好まれる。

【オネキツネ】

レーエンデの森をすばしっこく駆け回る野生動物。マルモア州に根城を置くラウル傭兵団の面々は、手首にオネキツネの刺青を入れている。

【トチウサギ】

レーエンデの森や野原に生息する小動物。肉は食用として好まれ、冬でも狩ることができる。冬毛は真っ白で、その毛皮は防寒具にも使われる。

【ヤミオオカミ】

西の森に生息する凶暴な野生動物。性格は獰猛かつ狡猾。ヒグロクマとともに、レーエンデの民はその恐ろしさを幼いころから叩き込まれて育つ。群れで獲物を襲うこともしばしば。ただし、その野性味あふれる風貌や性格は、格好良さの象徴や、母性愛の対象になったりもする。

時化《しけ》の夜の明け方には、「双子の銀狼」と呼ばれる二頭の銀色のヤミオオカミが現れ、幻の海を払うという伝承もある。その物悲しい遠吠えから「弔いオオカミ」と呼ばれる。

【ヤバネカラス】

レーエンデに生息する野生のカラス。つややかで真っ黒な羽を持つ。

【カケドリ】

レーエンデではよく家畜として飼われている鳥。毎日卵を産み、祭りや祝いの場ではご馳走として丸焼きになったりする。朝になると「コケコオオォッ！」と鳴く。ダール村では村の共有財産として放し飼いにされていた。

【カワガモ】

レーエンデの水辺に生息する野生の渡り鳥。比較的捕らえやすい狩りの獲物として、ウル族にもティコ族にも親しまれている。イジョルニ人の貴族階級でも、香草焼きなどが食される。

【ウロフクロウ】

レーエンデに生息するフクロウの一種。ホーゥホーゥと鳴く。

少年時代のルチアーノ・ダンブロシオは、夜の森を孤独にさまよっているときや、シャイア城で絶望に打ちひしがれているときに、ウロフクロウの鳴き声をよく耳にした。

後年、ルクレツィアはエドアルドという名のウロフクロウの銀天使と出会い、人生を変える託宣を授かる。

【ホシツバメ】

流線形の身体、二又《ふたまた》に分かれた尾羽をもつ、美しい鳥。頭にある白い星が特徴的な、春を告げる鳥である。

少年時代のレオナルド・ペスタロッチは、ホシツバメの銀天使に導かれ、父を亡くしたばかりのリオーネのもとへ導かれる。そして、秘密の銀夢草畑の存在を知ることになる。

【フカシドリ】

「レーエンデ上空を飛ぶ鳥」だと言われているが、その姿を実際に見たものはいない。その羽根は、街なかにもよく落ちていて、その軸先を削り、インクを付けて羽根ペンに使用される。

【光虫《ひかりむし》】

夜の森のなかで、黄色い光を放ちながら飛ぶ虫。レーエンデの民は、虫籠に入れた蜜の匂いで光虫を誘い、それを集めてランプにする。

時化になると、虫たちは銀呪病に罹るのを避けるように姿を消し、虫籠の蜜にも誘われなくなる。また、冬場に森から一旦いなくなり、春の訪れとともに地上に戻ってくるという習性もある。

レーエンデ特有の生き物らしく、小アーレス山脈を越えてロベルノ州あたりまで来ると、その姿を見かけなくなる。

画：薄雲ねず

Ares Goat

【アレスヤギ】

レーエンデで最も一般的な家畜。その乳は大事な栄養源であり、チーズやシチューなど幅広く用いられる。崖を登るのが得意で、「ダールのヤギ娘」というテッサのあだ名の元になった。皮は袋状に縫い合わせれば頑丈な水入れにもなる。リウッツィ家の紋章にも描かれている。

画：薄雲ねず

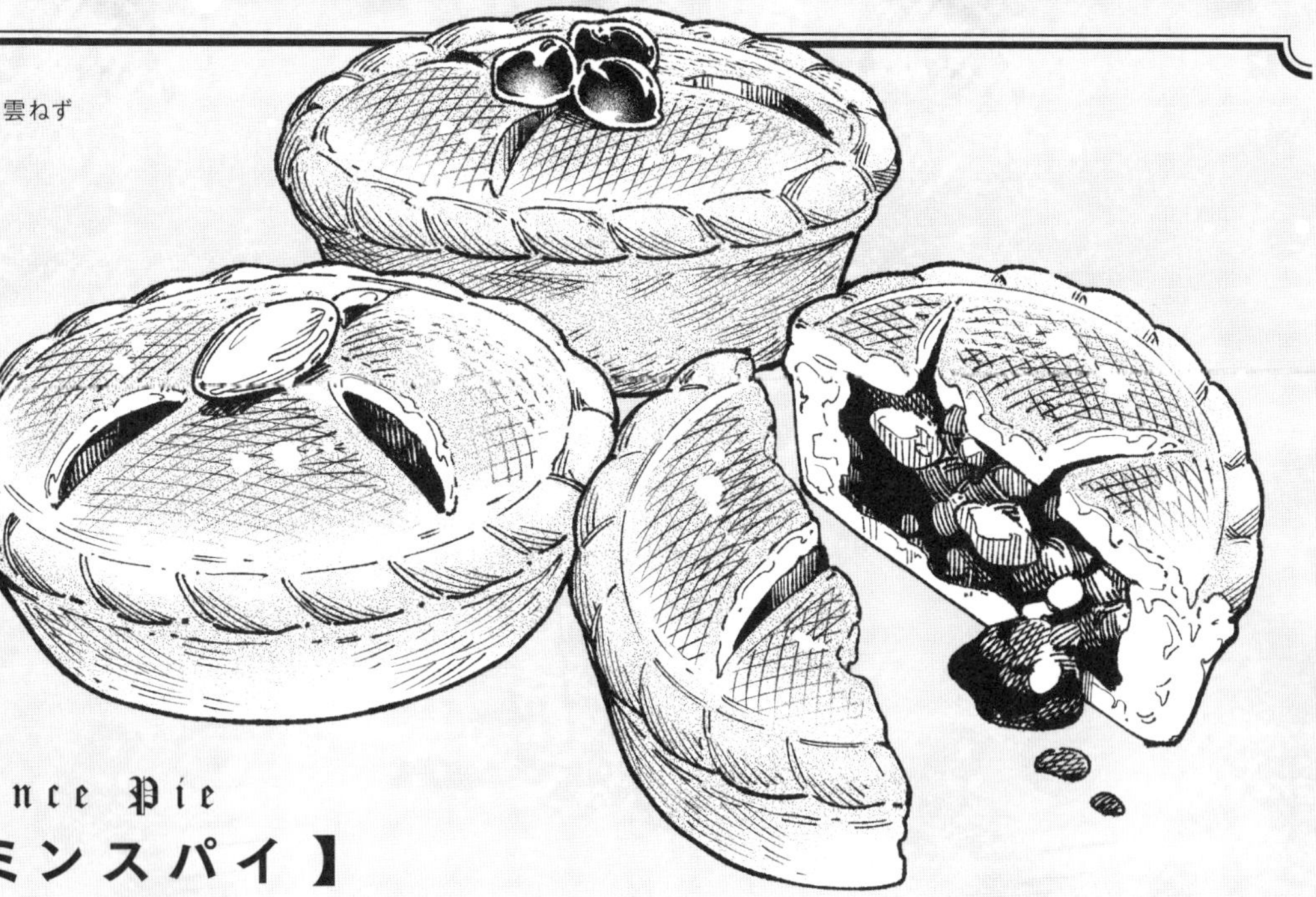

Mince Pie
【ミンスパイ】

ダール村の名物で、テッサの大好物。特に姉アレーテの作ったものは絶品。テッサたち幼なじみ三人にとっては愛する故郷の象徴だった。テスタロッサ商会の料理人にスカウトされた「安眠亭」主人、ジャイロの得意料理でもある。

第五章「地誌」
風俗と食

レーエンデ人のハレの日と、信じていたもの。そして食。そこから見えてくる、人々の日々の営みとは？

【春告祭】

四月末、ダール村で無病息災を祈願して行われる祭り。男たちが顔に白粉《おしろい》を塗り、唇に紅を引き、女物の服を着て村中を練り歩く。女装した男性陣は沿道の女性たちに投げキスを振りまき、大いに盛り上がる。

【夏至祭】

毎年夏至の日に行われるウル族の祭り。言い伝えでは、夏至の日に雨は降らない。希望と喜びにあふれた恋人たちの宴に雨雲は訪れないが、翌日には一夜限りの逢瀬《おうせ》を終えた男女の悲嘆を慰めるように、青く透き通った雨が降るという。

女性たちは髪に花を飾り、男性は意中の女性を誘う。既婚者と、十五歳以下の子供は参加できない。カップルが成立すれば、両者はその夜に結ばれ、子供をもうける者もいる。白い花飾りは「私を誘わないで。私

花の名前と意味

ツバイマル	再婚
リーベ	愛情
ブルート	血
カハイネス	秘めた恋
エールデ	希望の光

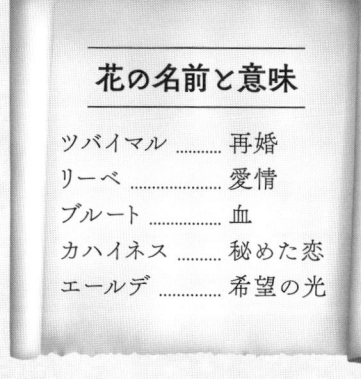

に恋をしないで」という意味があり、男性は声をかけてはいけない決まりがある。逆に、赤い花飾りには「私を誘って。私と恋に落ちましょう」という意味がある。若い男女が集まり、思いを遂げるという祭りの目的からして、そこかしこで色恋沙汰が起こるため、揉めごとも起こりやすい。

【収穫祭】

十月末、一年の無事と大地の恵みに感謝して行われる祝祭。ダール村では、揚げ菓子や果物などが振る舞われ、にぎやかな音楽に合わせて着飾った若者たちが輪になって踊った。蜂蜜酒を酌み交わし、腕相撲勝負が繰り広げられ、祭りの最後にはカボチャの早割り競争が行われる。

テスタロッサ商会のレーエンデ人労働者たちも、十月末に収穫祭を開催。串焼き肉、蒸かしたてのエストイモ、小麦のパンやチーズといった料理のほか、葡萄酒も用意された。

【十二州の祭り】

十二州時代の聖イジョルニ帝国では、各州にそれぞれ対応する祝祭月があった。一月は法皇庁領、二月はロベルノ州、三月はナダ州といった具合に分かれており、その月には州内で一ヵ月間お祭り騒ぎが続く。ちなみにシュライヴァ州の祝祭月は十月で、州都フェデルから地方の農村まで各地で盛大な祭りが行われた。

【真問石】

法皇庁領の海岸でのみ採掘される球状の石。真実に歌い、嘘に沈黙するといわれ、裁判で真偽を問う際に用いられる。そのため帝国領内では「真問石に手を置いて誓う」という慣用句が日常的に使われている。

【月光石】

青白い光を放つ宝玉。普段は白く月明かりの下でのみ光を発する。そのため月の光を浄化し、呪いを祓う効果があるとされる。また、災禍を招く運命から、天満月生まれの娘を守る守護石とも信じられている。

ダール村では三つの月光石を逆三角形のかたちで炭鉱の壁に埋め込み、非常の際に水と食料のありかを示す符丁とした。のちに若者がこの慣習を真似て、木の幹に月光石を埋め込み、逢引場所の目印にした。

ユリアは親友リリスに月光石のお守りを手渡す。そこから時が下り、隠れ里エルウィンの娘イルザや、シレン・ドゥ・エルウィン、新聞記者ビョルンの娘ウルリカも月光石の首飾りをお守りとして持っていたが、これらが同じものなのかどうかは定かではない。また、劇団ルミニエル座の女優マレナも、アーロウに災禍よけの月光石のお守りを持たせたことがある。

【火酒】

ユルリスの球根を原料とする蒸留酒。アルコール度数が高く、ミツカエデの蜜の結晶とともに、気つけ薬としても使用される。

【クリ茶】

ウル族に親しまれているバター茶。白茶色の液体で、表面に黄色い油膜が張る。心地好い茶の渋みとバターの香り、少しの苦みと鮮烈な甘みが、緊張を解きほぐし、気持ちを落ち着かせる。冷めると油膜が厚く張り、とろりとした液体になる。

【葡萄酒】

貴族から庶民まで幅広く飲まれている果実酒。アルモニア州ダムラウ産のものは逸品とされている。

【揚げ菓子】

レーエンデの庶民の間ではポピュラーなお菓子。サクサクとした食感で子供たちにも人気がある。ダール村の蜜入りチーズの揚げ菓子、ノイエレニエの下町の甘い揚げ菓子のほか、ボネッティの旧市街で売られていた揚げ芋や揚げパンなどもその仲間に入るかもしれない。

【エブ茶】

ムンドゥス大陸との交易により、市民生活に定着した外来品のひとつ。庶民から上流階級まで幅広く好まれる。特にコージー社の茶葉は美味との定評あり。

第五章「地誌」

交通と商業

人流と物流の増加は、その土地の経済的発展の物差しである。それが豊かさと比例しないことがレーエンデの皮肉である。

【西街道】

ラウド渓谷と聖都ノイエレニエを繋ぐ街道。かつては多くの商隊が行き交い、街道沿いの街は大いに賑わったという。しかし、ノイエスト鉄道の開通以降、ラウド渓谷路を利用する商隊の数は激減。西街道もすっかり寂れ、ひび割れた石畳と、我が物顔に生い茂る雑草が、時の流れの儚さを旅人に伝える。

かつて西街道には「レーエンデ解放軍」と名乗る山賊が出没した。また、テッサ・ダール率いる「レーエンデ義勇軍」の活動テリトリーでもあった。

【北街道】

フローディアとレイルを結ぶ、レーエンデ北部の街道。「狂月の大火」により焼き払われた古代樹の森のあとに造られた新道で、路面は敷石で舗装されている。

レイルに向かう街道沿いは、地元民に「ささやきヶ原」と呼ばれる。誰もいない野原から人の声が聞こえ、特に危害が加えられることはないが、声に誘われて泥にはまる者もいる。

【ノイエスト鉄道】

第二代法皇帝ルチアーノ・ダンブロシオは、レーエンデと外地を繋ぐ新たな道を切り拓くべく、鉄道路の敷設と蒸気機関車の実用化に取り組んだ。それは約五十年におよぶ歳月と莫大な費用、多大な犠牲を費やした大事業となった。

アルモニア州北部山麓に築いた鉄道路敷設の拠点には、全国から多くの労働者が集められ、レーニエ湖畔に沿って大アーレス山脈の開削《かいさく》が開始された。相次ぐ崩落事故、厳寒と野生獣の襲来、レーニエ湖に現れる幻の海などにより、死傷者が続出。ルチアーノは鉄道路の完成を待たずに世を去ったが、第三代法皇帝ネストレ・コシモがその遺志を継いだ。

聖イジョルニ暦七五六年、ようやくノイエスト鉄道が完成。危険な山越えをせずレーエンデに行ける道が確保されたことで、帝国市民の意識は大きく変わった。聖地巡礼に赴《おもむ》くクラリエ教徒、物資輸送に鉄道を利用する商人たちの流入は、名もなき山村だったアルモニア州側の発着駅周辺を大都市へと成長させた。享楽と芸術の都エストレニエである。町には宿屋に土産物屋、賭博場に娼館が建ち並び、さらに音楽堂や歌劇場も建設された。また、ダール炭鉱はノイエスト鉄道と独占契約を結び、採掘された石炭は陸路でフィゲロア湖に運ばれ、そこから船でロア川を下り、鉄道操車場へと届けられた。

当初、ノイエスト鉄道に乗れるのはイジョルニ人のみで、鉄道路沿いの道にも厳重な関所が設けられた。レーエンデ人が合法的に外地へ行く唯一の方法は、イジョルニ人の奴隷になること。のちに規制がやや緩和され、レーエンデ人の三等客車乗車が可能になったが、ウル系レーエンデ人の鉄道利用は許されなかった。

なお、ノイエスト鉄道の重役ロベール・ロランスは、慈善活動家として有名なミラベル・ロランスの夫である。ノイエレニエに医療学校を設立し、医学を志す若きレーエンデ人を支援したミラベルの名は、医療従事者の証である「ミラベル紋章」ことMRの緋文字として現在も残っている。

【風運人】

外地とレーエンデを行き来する商人および商隊の通称。主な交易品は鉄製品、小麦、塩など。

【塩】

人々の生活になくてはならない調味料だが、流通が不便なレーエンデでは昔から貴重品だった。ヘクトル・シュライヴァがレーエンデを再訪した際、親友イスマル・ドゥ・マルティンのために塩ひと袋を土産として持参したのも、そういう理由からである。外地への道の開通は、その不便を解消したいレーエンデ人の悲願でもあった。

ダール村のティコ族は岩塩を得るため、バルバ山の絶壁を登った。外地からの輸入に頼らずに済むようになったとはいえ、危険な仕事であった。

【製鉄と炭鉱】

ノイエレニエには帝国遷都以前から、ノイエ族が営む製鉄所や鉄製品の工場が集中していた。レーニエ湖畔には製鉄用の木炭高炉が建設され、近隣の工場では刀鍛冶や鎧兜作りも盛んに行われた。精度の高い弩《いしゆみ》や切れ味の鋭い剣、軽くて丈夫な農耕具などは、レーエンデの数少ない特産品として外地でも重宝された。

レーエンデの商人はノイエレニエで仕入れた鉄製品を外地で売り、外地で買い付けた塩や小麦をレーエンデの民に売ることで収益を得た。また、木炭高炉を動かすためには良質な石炭が欠かせないため、利益を独占したい法皇庁は炭鉱を管轄した。後年、ダール村は税の軽減を訴えるために炭鉱作業をボイコットしようとするが、それにより村民大虐殺の悲劇を招いてしまう。

百年戦争が終わり、武具の需要がなくなると、レーニエ湖畔の製鉄所の多くが閉鎖された。それに伴い炭鉱事業も一時は衰退したが、蒸気機関の発明により再度興隆した。鉄道開通でレーエンデの産業が発展すると、ノイエレニエの製鉄業も復興。北イジョルニ合州国との二度目の開戦により、武具の需要が復活した。

【ファスト渓谷】

かつてレーエンデと外地を繋いだ、ふたつしかないルートのひとつ。大アーレス山脈最大の難所ともいわれ、ヘクトル・シュライヴァの交易路建設計画では、早々に候補から外れた。

岩盤の風化が進み、少しの加重でも脆く崩れるため、荷馬車の通行に耐える道路や橋を築くには莫大な費用と長い年月が必要になるとみられた。また、十二月半ばには降雪により道は閉ざされてしまう。

【ラウド渓谷】

レーエンデと外地を結ぶもうひとつのルート。岩山を削って通された一本道は、片側は切り立った崖、反対側には目も眩《くら》むような谷底が続く。曲がりくねって見通しの悪い「蛇の背」、迷路のように複雑に入り組んだ岩場「千の手袋」といった数々の難所を乗り越え、帝国最難関の関所アルトベリ城砦《じょうさい》を抜けると、ロベルノ州へと至る。冬場は大雪に閉ざされるため、春から秋しか商隊も軍隊も通れない。交易路建設を進めたヘクトル・シュライヴァは、崖を掘削し道幅を広げることも考えたが、それが親法皇派のロベルノ州へ抜けることに地政学的な危惧を抱いた。

ラウド渓谷路は西街道を経由して聖都ノイエレニエとも繋がっていたため、商業的にも国防的にも非常に重要な輸送路であり、特にアルトベリ城砦は要衝《ようしょう》だった。それゆえ、レーエンデ義勇軍による輸送部隊の襲撃とアルトベリ城攻略は、帝国に大打撃を与え、激しい怒りを買った。

その後、ノイエスト鉄道の開通によりラウド渓谷路は往時の活気を失った。現在は隠れ里エルウィンへの入り口として、レジスタンスの通り道となっている。ちなみにエルウィンの隠れ里は、ラウド渓谷路の登攀《とうはん》口《ぐち》から道なき道を西へ進み、簡単にはたどり着けない場所にある。

黄昏時には「ラウド渓谷の追影《おいかげ》」と呼ばれる不気味な影が現れることがある。もし影につきまとわれたら「システゥィアートル」と三回唱えると消えると言われる。

第五章「地誌」

劇場と娼館

娼婦による多くの代償を払い続けながら
レーエンデ人の自由の灯火は、劇場で守られた。

【娼館保護法】

聖イジョルニ暦六八五年、第二代法皇帝ルチアーノ・ダンブロシオにより制定された法律。正当なる対価を払わなかった者、女性に暴力をふるった者は、身分や人種の区別なく、帝国兵士でも厳罰に処された。

また、娼館に付随する顔見せ用の芝居小屋では、普通なら不敬罪や反逆罪に問われるような芝居を上演しても咎められない。帝国批判や、法皇帝の揶揄といった過激な内容であっても、警邏《けいら》兵にも神騎隊にも手が出せない。娼館はレーエンデで唯一、帝国支配が及ばず、言論の自由が守られる場所となった。

この法律を逆手に取り、娼婦たちを徹底的に痛めつけ、変態趣味の好事家に平気で売り飛ばすような悪質な娼館主もいた。一方で、娼館で働きながら演劇を通してレーエンデ人の尊厳を取り戻し、希望の光を灯《とも》し続けることが自分の責務であると、高邁《こうまい》な理想を抱く者もいた。

ルチアーノの死後、法皇庁の司祭や帝国軍の高官は「レーエンデ人を増長させる」として、幾度となく『娼館保護法』の撤廃を求めた。しかし、そのたびに不幸が起き、ある者は事故に遭い、ある者は病に冒された。そのため「残虐王の呪い」とも噂され、娼館保護法は維持され続けた。

【ルミニエル座／月光亭】

聖都ノイエレニエの下町にある劇場兼娼館のひとつ。娼館「月光亭」の裏手に劇場「ルミニエル座」があり、売り物である娼婦と男娼を披露するための演劇公演が行われた。

若き日の天才劇作家リーアン・ランベールが座付《ざつき》劇作家として活躍した時代、ルミニエル座はノイエレニエに五軒ある劇場のなかでも群を抜いて人気を博した。治安の悪いレーエンデ人地区という立地にもかかわらず、劇場には女性客のほか、イジョルニ人も多く足を運んだ。

また、ルミニエル座は反帝国組織「レーエンデ義勇軍」の秘密集会所としても使われ、座長は組織のリーダーを代々つとめてきたという歴史がある。

【エルシー座／琥珀亭】

古都レイルにある劇場兼娼館。レイル歌劇場にほど近い大通り沿いにあり、芸術の都だけあって劇場内には瀟洒《しょうしゃ》な内装が施されている。イジョルニ人好みの芝居は立派な歌劇場で、レーエンデ人向けの芝居はエルシー座のような小劇場で、というすみわけが習わしとして長年続いた。

【ガート座／黒曜亭】

ダール村にある唯一の劇場を備えた娼館。煽情的な演出は男性客を喜ばせたが、台本を台無しにしてリーアン・ランベールを怒らせたこともある。「黒曜亭」は娼館としてだけでなく、宿屋としての部屋も用意していたという。

【ビアンカ座／人形亭】

ノイエレニエにあった劇場兼娼館。女性たちを舞台上でいたぶり、辱《はずか》める見世物は一部の客にひそかな人気を博し、常連客には警邏兵もいた。座長と娼館主、さらに劇作家、演出家、俳優も兼ねたインガ・クラーボは「ケチで陰険な変態野郎」という悪評の持ち主。カネ次第で顧客のどんな非道な要求も呑み、平気で女たちを変態客に売り飛ばした。娼館保護法を逆手にとって稼ぐ一方、ルミニエル座の人気に嫉妬し、陥れる機会をうかがい続けた。
　のちにリーアン・ランベールは、「人形亭」の娼婦を救済院の看護師としてごっそり引き抜き、ひと泡吹かせた。

【ボネッティ座／春光亭】

　ボネッティの劇場兼娼館。かつてアルトベリ城近くの宿場村にあった娼館「春陽亭」が、鉄道開通による利用客激減によりボネッティに引っ越し、「春光亭」と名を変えた。元をたどれば、第二代法皇帝ルチアーノ・ダンブロシオが娼館保護法を制定するきっかけともなった、由緒ある娼館である。しかし、その史実を知る者は少ない。
　レーエンデ義勇軍に協力した娼婦たちの名を受け継ぎ、娼館の主人はミラ、劇団の座長はペネロペ、一番人気の女優はシーラを襲名する。店には義勇軍の記録がひそかに残されており、それをもとにした舞台『ウルトベリ城の陥落』は、のちにリーアン・ランベールが執筆した『月と太陽』の原典となる。作・演出を手がけた当時の座長ペネロペは、劇場を訪れたランベール兄弟に「知られざる者」を紹介するという役割も果たしている。
　のちに、レオナルド・ペスタロッチは少年時代にこの劇場に入り浸り、戯曲『月と太陽』に触れてレーエンデ愛に目覚め、やがて革命家となる道を歩むことに。

【イジョルニ帝国歌劇場】

　ノイエスト鉄道の始発駅が作られ、華やかな享楽の都として発展したエストレニエ。その象徴ともいえる大劇場がイジョルニ帝国歌劇場であり、帝国内の演劇人にとっては頂点といえる場所である。もちろんレーエンデ人の入場は禁じられ、イジョルニ人しか観劇は許されない。
　聖イジョルニ暦八〇〇年には、帝国建国八百年祭の記念公演として『月と太陽』が上演された。しかし、この公演はリーアン・ランベールのオリジナル戯曲を盗作・改変したものであったことが後年判明している。

【レイル歌劇場】

　リウッツィ家が贅を尽くして建設した、古都レイル最大の歌劇場。こちらも「イジョルニ人専用／レーエンデ人お断り」の看板が長く掲げられていたが、聖イジョルニ暦八三〇年、レーエンデ人のキャスト・スタッフによる『月と太陽』が上演され、レーエンデ演劇史に大きな足跡を残した。作・演出を手がけたリーアン・ランベールにとっては三十年越しの悲願だった。
　聖イジョルニ暦九一七年の『娯楽禁止法』施行により、レイル歌劇場は封鎖を余儀なくされる。同年に起きたレイル大虐殺の際、市内の小劇場に残されていた貴重な譜面や台本も焼却され、由緒ある演劇の都の歴史は一時断絶する。

登場する戯曲一覧

恋ってどんなものかしら
貴族の屋敷で働くメイドたちの喜劇。初演時はリーアン作と銘打たれたが、実際はアーロウの作品。

別離
儚い恋の行方を描いた悲恋劇。これもアーロウの作だが、リーアンの作として上演された。

橋
二人の人間が転生を繰り返しながら幾度も巡り合う、リーアンらしい不思議な奇想恋愛劇。

南の国の後宮にて
南国を舞台にした風刺喜劇だが、リーアンは法皇帝に抗うレーエンデの物語を暗喩として忍ばせた。

ヴェスト号の大航海
実在の帆船の大航海と大陸発見の偉業を描く冒険劇。演出家ミケーレ・シュティーレの代表作。

愛の手紙
アーロウの戯曲で恋愛劇。地味すぎるとも評されたが、一部の観客には好評を博した。

月と太陽
（詳細はP.38を参照）

第五章「地誌」民族

ウル族

レーエンデ人で、最も辛酸《しんさん》を嘗《な》めるウル族。
かつての誇りは失われ、今も苦しい生活を続ける。

【生活】

ウル族は大アーレス山脈のふもとに広がる古代樹の森に、遥か昔から暮らしてきた。古代樹の木の洞《うろ》に何階層にも部屋を作り、幹に螺旋状の階段を設《しつら》え、枝を渡り歩いたり吊り橋を渡したりして周囲の木々を行き来する。

自給自足の生活が基本で、野菜を育て、森の獣を狩り、アレスヤギとカケドリを飼い、木の実を集めて暮らしている。主食はオプストの実で作った黒パン。光虫を集めてランプにし、枝の間に細い縄を張り巡らせて幻魚よけの鉄鈴を吊るすなど独特の生活文化を持つ。

【気質】

ウル族にとって古代樹は家であり母であり故郷そのものなのだといわれる。その言葉どおり、ウル族は森に生き、森に生かされる生活を守り、故郷をこよなく愛している。傭兵として外地に出ていく者もいるが、いつかは古代樹の森へ帰ることを誰もが夢見る。

謙虚で素朴な生活を守る反面、保守的で排他的なところがあり、他民族との交流を好まない。また、外地の人間に使われることを嫌い、帝国の支配にも反発した。

迷信深く、幻の海と銀呪病を恐れる。もし天満月の乙女が悪魔の子を宿したならば、母子ともに殺すしかないと信じている。また、幻の海の「銀の霧は悪魔の吐息」であり、その吐息を吸っても死なない天満月の乙女を探すため、悪魔が銀呪病をばらまくのだと伝わる。そのため、年頃の娘が幻の海に飛び込まないよう、満月の夜は厳重に戸締まりをする。

【外見】

淡い金色の髪、透き通るような白い肌、色の薄い青い瞳を持ち、端整な顔立ちの者が多い。外地の人間には「妖精みたい」と評されることもある。なかには、トリスタンやリリスのような黒髪の者、あるいはイスマルのように悪相だが人好きのする屈強な大男タイプもいるが、ウル族のなかでは珍しい。

【文化】

レーエンデの先住民族は長らく文字を持たなかったため、彼らについて書き記した文献は少ない。

狩猟民族であるため、弓の名手が多い。傭兵として外地で戦闘に参加する際も、ウル族の戦士は優秀な弓兵として重宝される。

初対面の者には、自ら名乗り、肩の高さに左手を掲げて挨拶する。左の掌を見せるのは、自分はハグレ者ではないという証拠を示すため。

名前には「トリスタン・ドゥ・エルウィン」「イスマル・ドゥ・マルティン」のように、住処とする古代樹の名前を下につける。自分の名前の下に新たに古代樹の名をつけて名乗ると、その古代樹の住民と類縁、すなわち家族になったことになる。

ウル族の男性は十八歳になると故郷を離れる。傭兵になって外地に出ていく者もいるが、古代樹の別の集落に働きに出る者も多い。

ウル族の使命は、ウル族の血を残すこと。ウル族が故郷以外の地で結婚相手を見つけるのは、近親婚を避けるためともいわれる。

【西の森】

西の森はウル族も容易に足を踏み入れない場所だが、秋になると若者たちは連れ立って狩りに出かける。

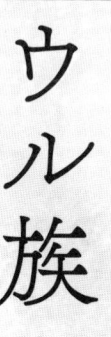

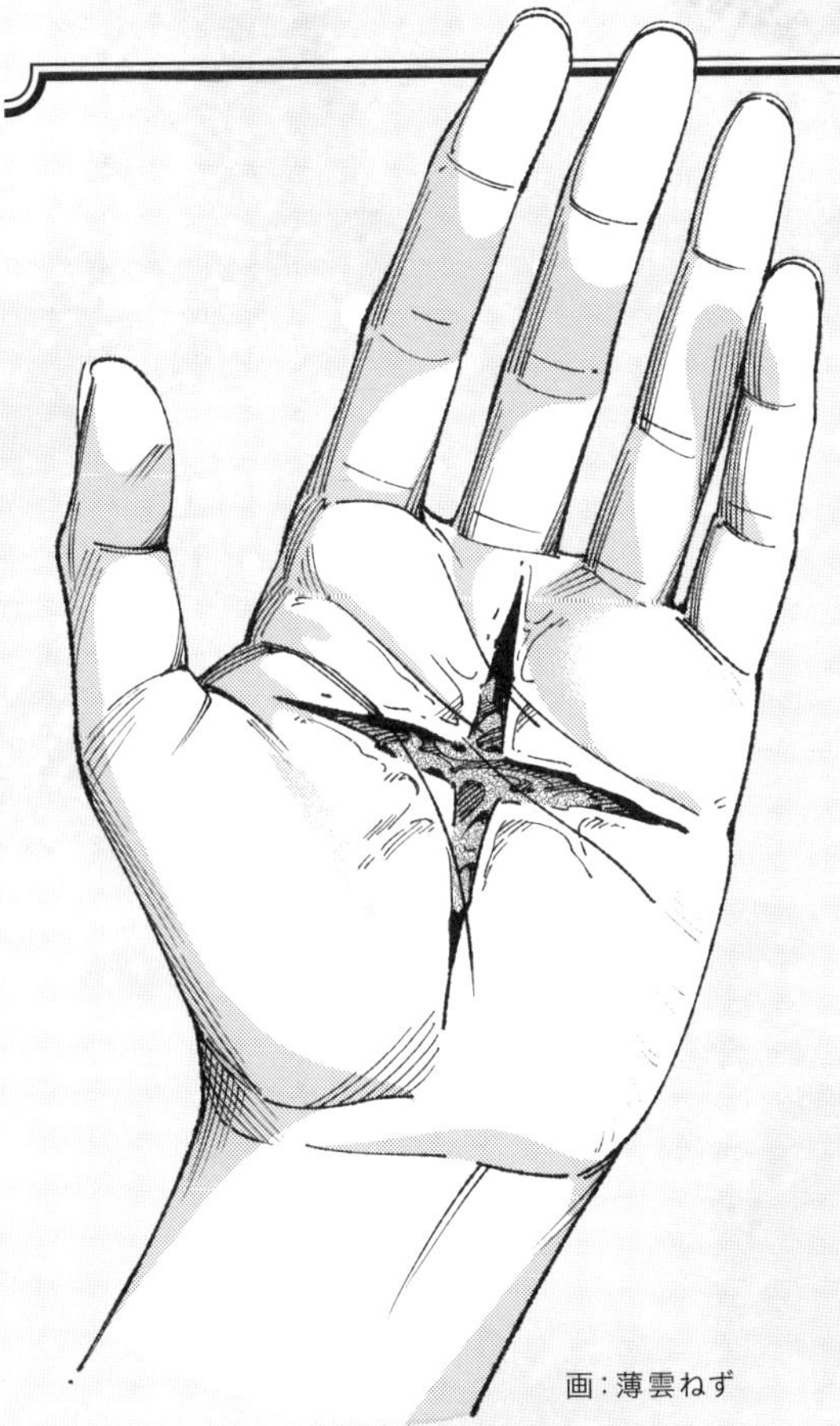

画：薄雲ねず

Cross Scar

【ハグレ者の十字傷】

ウル族の輪から外れた罪人に与えられる証。直交する二本の傷を左の掌に刻まれ、すべての古代樹林から永久追放される。のちにそれは隠れ里に住む「知られざる者」の証となり、英雄テッサの遺志を継ぐ反帝国主義者のしるしとして、レオナルドも自らの掌に十字傷を刻む。

目印もなく迷路のように入り組んだ地形や、森をうろつく肉食獣も恐れず、長い時には一ヵ月以上も野宿しながら狩りを続ける。

満月の夜には銀呪を避けるため、点在する狩猟小屋で一夜を明かす。数日間はその場所でしのげるように、水や非常食、薪や飼い葉などが常備されている。利用者は次に訪れる者のために補充し、部屋を清めてから出立するのが慣例であり、ウル族が厳守すべき掟である。

【外地】

多くのウル族は古代樹の森を出ることなく一生を終えるが、暗い森から遠い異国に飛び出すことを夢見て傭兵団に入る若者は、男女を問わず少なくない。そこで初めて外地人と交流を持ち、ウル族の閉鎖的な性格を思い知ることはままある。

外地での生活を経験した者には、ウル族の意識変革を求める者が多い。銀呪病患者の療養施設「森の家」を運営する医師ヘレナも、かつては傭兵団の隊長で、同じく傭兵だったイスマルに乞われて「森の家」所長になった経緯がある。彼女も「ウル族は頑固で保守的」と言ってはばからない。

【歴史】

始祖ライヒ・イジョルニは、ウル族とティコ族に自治権を与えた。そのため彼らは外地の影響をほとんど受けず、また銀呪病を恐れて誰も近寄らない特別な土地として保護された。

しかし、聖イジョルニ暦五四二年、神の御子が誕生すると、法皇アルゴ三世は始祖の約束を反故にし、圧政を開始。レーエンデの民に納税と兵役の義務を課し、クラリエ教への帰依を強要した。ウル族はこれに反発し、古代樹の森に立てこもる。法皇はウル族の殲滅《せんめつ》を帝国軍に命じたが、めぼしい成果を上げられなかった。業《ごう》を煮やした法皇は「古代樹の森を檻《おり》として反逆者を閉じ込めよ」と命じ、森から出てきたウル族は発見次第、問答無用で殺された。ウル族を助けた者も同様に処罰された。

聖イジョルニ暦六七四年、初代法皇帝エドアルド・ダンブロシオは、ノイエ族とティコ族の人頭税を半分にする代わり、ウル族に滞納した莫大な人頭税の支払いと奉仕活動を命じる。これにより、他の少数民族との断絶は決定的となった。

帝国に逆らい続けた禍根は長く尾を引き、その後も稼ぎのいい仕事に就けず、ノイエスト鉄道への乗車を禁じられるなど迫害は続いた。生活苦のあまり人身売買が横行し、山賊化した者もいる。そうして誇り高き森の民の尊厳は失われていった。

第五章「地誌」民族

ティコ族

かつてウル族とレーエンデの地を住み分けたティコ族。
民族分断により、ティコ族も苦難の歴史を歩む。

まんまるツチイモ
のっぽのヒゴネ
甘いスグリは隠し味
お鍋にドンと投げ入れて
喧嘩はしないよ、お腹が減った
さぁさ、食べよう、美味しいスープ
一口すすれば、あらあら不思議
王様、椅子から落っこちた！

—— ティコ族の童歌

【外見】

ティコ族の男性は総じて大柄で力持ち。肌は小麦色で、髪の色は焦《こ》げ茶か黒である。女性でも、ダール村のテッサのように、生まれつき怪力を持つ者が、ときおり現れる。

【気質】

性格は大らかで、よそ者にも寛容である。血の気が多くて喧嘩っ早いところもあるが、朴訥《ぼくとつ》で親切。「開けっぴろげで無頓着」とも評され、何事にも慎重で保守的なウル族とは正反対である。迷信を信じない現実主義者であるところも同様。

新しいもの好きで、外地から来る技術や知識も進んで受け入れる。未知の文化や娯楽を生活に取り込むことにも抵抗がない。

一方で、生活のためには権力に粛々《しゅくしゅく》と従ってしまうところがある。法皇の命令で納税や兵役の義務を受け入れたほか、クラリエ教徒になることも容認し、村々には教会堂が建てられた（ただしダール村のように、昼間は教会、夜は酒場になるという、いい加減な場所もあった）。「司祭長の許可なしには勝手に土地を離れることはできない」「ティコ族とイジョルニ人の結婚は許されない」といった理不尽な決まりを受け入れるのも、「誇りや理想では腹は膨《ふく》れない」という現実主義的な諦観《ていかん》だろうか。

【生活】

茅葺き屋根の質素でこぢんまりした木造家屋に暮らす。ウル族と同じように、自給自足が基本。水汲《く》み、薪割り、掃除に洗濯、家畜の世話などは子供のころから教え込まれる。

村人はそれぞれが役目を果たし、助け合い、補い合って暮らす。男たちが炭鉱などで働く間、女たちは畑仕事にいそしむ。年長の子供たちは山羊の群れを丘に連れて行き、若い女性は親たちが働いている間に子供たちの面倒を見る。薪を割って各戸に届ける者や、トチウサギやカワガモ、木の実などを森で採り、村に持ち帰る者もいる。アレスヤギやカケドリなどの家畜も共同体の共有財産である。

【文化】

ティコ族の社会では十八歳までは子供とされる。独自の文字を持たないため、帝国文字の教育も一部で行われているが、識字率は低い。

中央高原地帯に住むティコ族の多くは、酪農と農耕に勤む農民。羊や牛を飼い、小麦を育てて生活する。

レーエンデ東部には、炭鉱や採石場で肉体労働に従事するティコ族も多い。鉄道工事などの重労働、大農園での農作業などにも、多くのティコ系レーエンデ人が人足として雇われている。だが、賃金は安く、安価な労働力として酷使されている。

ティコ族は村ごとに独立した自治体を形成していて、一族の長と呼べる人物が存在しない。しかし、各集落は緊密な協力関係で結ばれている。一族の方針は村長たちの話し合いで決められる。

【歴史】

聖イジョルニ暦五四二年、法皇アルゴ三世はレーエンデから自治権を剝奪。始祖ライヒ・イジョルニの約束を反故にする帝国の横暴にティコ族もウル族も猛反発した。法皇は抵抗勢力に対して軍勢を差し向け、いくつものティコ族の村が焼き払われ、無辜《むこ》の民が大勢殺された。それでも彼らは降伏せず、レーエンデ傭兵団として遠征中の男たちの帰還を待ちわびた。しかし、帝国の策略により、ティコ族傭兵団は東方砂漠で壊滅。ティコ族の村長たちは、一族を存続させるために苦渋の決断を下し、帝国支配を受け入れた。

【レーエンデ傭兵団】

レーエンデ傭兵団を立ち上げたのはティコ族である。そのおよそ八割がティコ族で占められ、レーエンデの民の傭兵経験者の数もウル族の比ではなかった。シュライヴァ騎士団とともに戦場で戦った者もいる。

レーエンデ傭兵団に入る者は、外貨の稼ぎ手としてティコ族の村で尊重される。その団長をつとめる者は、ティコ族社会において特に強い影響力を有した。

たとえば、交易路建設において、ロッソ村の第十七代団長クアボ・エステラ、ダール村のレーエンデ部隊元隊長ロマーノ・ダールらの協力がなければ、計画は頓挫していたかもしれない。

レーエンデ傭兵団の壊滅後、ティコ族の若者は兵役義務や、税負担軽減と引きかえに民兵として戦場に駆り出された。

【ウル族との関係】

ともに帝国建国以前からレーエンデに暮らしてきたウル族とは、互いに距離を取り合い、双方の生活圏を尊重したが、友好関係にあるわけではない。ティコ族はウル族のことを「陰気なチビ」とからかい、ウル族はティコ族のことを「大雑把なお人好し」と揶揄する。ウル族のトリスタンは外地で傭兵仲間としてティコ族と知り合い、その気さくな人柄、出自などにこだわらない大らかさに、ウル族よりも付き合いやすさを覚えた。

法皇アルゴ三世の命により、先住民族の迫害が始まったとき、しばしばティコ族がウル族を匿うこともあった。しかし、帝国軍に発見されると村は燃やされ、匿ったティコ族も殺された。隠れ里エルウィンに逃げ込んだスラヴィクのように、処罰を恐れたティコ族に追い払われるウル族も少なくなかった。

孤立したウル族は次第に、ティコ族を「帝国の隷属」として恨み始める。ティコ族も、税の徴収から逃れ続け、古代樹の森という安全圏に隠れ続けるウル族に反感を抱いていく。

初代法皇帝エドアルド・ダンブロシオは、ティコ族とウル族の人頭税に大きな格差を設け、古代樹の森を焼き払った。これ以降、ウル族との関係は断絶したままだった。

しかし、聖イジョルニ暦九一五年、ルクレツィア・ダンブロシオ・ペスタロッチが法皇帝名代をつとめる最高議会は、新たな法律を発布。ウル族、ティコ族、ノイエ族の区別なく、レーエンデ人の税額均一化を図った。それは大増税の宣告だった。ここにきて、ティコ族はウル族と同じ窮地《きゅうち》に追い込まれることになる。

第五章「地誌」民族

ノイエ族

文化と学問の民族として知られるノイエ族。
彼らがレーエンデにもたらしたものは大きい。

【歴史】

聖イジョルニ暦三二一年、法皇アツァリ一世は「クラリエ教の聖典に反する」として、天文学や錬金術などの学問を禁じた。医師や学者は異端者として投獄され、弾圧を逃れた者たちは始祖ライヒ・イジョルニによって保護された土地、レーエンデへと逃げ込む。

法皇庁はレーエンデの民に、異端者を引き渡すよう勧告。ウル族はそれを無視し、ティコ族は逃亡者たちを自らの村に招き入れた。法皇はレーエンデに帝国軍を差し向けるが、それに対してウル族とティコ族の連合軍は徹底抗戦。帝国軍は敗走を繰り返し、ついに追跡を断念。「逃亡者をレーエンデ地方に永久追放する」というアツァリ一世の宣言のもと、のちに「レーニエ戦役」と呼ばれた内乱は終結する。

レーエンデに逃れた知識人たちは自らを「ノイエ族」と称した。彼らは独自の優れた知恵と技術を活かし、中央高原地帯を黒麦畑にした。飢餓の恐怖から解放されたティコ族は、その返礼としてノイエ族のための街＝ノイエレニエを築いた。

【生活と文化】

街には製鉄所や鉄製品の工場などが数多く建ち並び、病院や学校なども建造された。鉄製品はレーエンデの特産品となり、外地でも重宝された。建築技術にも優れ、ヘクトルは交易路建設の際、ノイエ族の建築家の協力を求めた。

ノイエ族はまた、貨幣経済をレーエンデに持ち込み、民族格差を生んだ。特にノイエレニエでは「裕福なノイエ族が貧しいティコ族を使役する」という図式が早々と定着。かつての恩をすっかり忘れたようなノイエ族の態度に、ティコ族労働者は不信感を募らせつつ、甘んじて職を求めた。

【外見】

もともとはイジョルニ人のインテリ層として外地で暮らしていたので、ウル族ともティコ族とも異なり、顔立ちも身なりも垢抜けている。

【孤島城とノイエレニエ】

レーニエ湖に浮かぶ孤島に建てられた孤島城は、ノイエ族の資本により建てられた。島と陸地を繋ぐのは一本の橋のみ。橋の両端は堅牢な城塞門によって守られ、城の主館は堅牢な城壁と、その上部の監視回廊に囲まれている。

帝国遷都後はシャイア城と呼ばれ、歴代法皇（法皇帝）が住んでいる。その城のどこかには、いまも「神の御子」が幽閉されていると噂される。

聖イジョルニ暦五四二年の「奇跡の日」、ノイエ族の街ノイエレニエは、幻魚の群れによって完膚なきまでに破壊された。街を外敵から守るために建設中だった城壁は、皮肉にも壁の外側に締め出されたティコ族の居住地区を守ることになった。さらに帝国軍の急襲により、ノイエ族の人口は半分まで減少する。遺棄された街は旧市街と呼ばれ、遷都後はイジョルニ人が新たな街を築いていく。

「奇跡の日」を生き延びたノイエ系レーエンデ人は、裕福なイジョルニ人の使用人などの職を得た。ティコ系やウル系のレーエンデ人は、「奇跡の日」から四百年以上経っても、彼らのことを「裏切り者」と呼んで毛嫌いしている。

Author

多崎 礼
Ray Tasaki

2006年『煌夜祭』(中央公論新社)で第2回C★NOVELS大賞を受賞しデビュー。2023年『レーエンデ国物語』を刊行。同シリーズは2024年第21回本屋大賞にノミネートされる。著書に『〈本の姫〉は謳う』シリーズ(講談社)、「血と霧」シリーズ(早川書房)などがある。

Artist

よー清水
Yo Shimizu

『映画ドラえもん のび太と空の理想郷』ポスターなど劇場版アニメ、ゲームのコンセプトアートやデザイン、書籍装画、広告を手がける。著書に『絵がふつうに上手くなる本』『「ファンタジー背景」描き方教室 Photoshopで描く！心を揺さぶる風景の秘訣』(ともにSBクリエイティブ)など。

芦刈 将
Masashi Ashikari

学生時代から趣味で小説やRPGの創作を行っていた、ファンタジー好きイラストレーター。近年は多崎礼 著「レーエンデ国物語」や「〈本の姫〉は謳う」シリーズ、東野圭吾 著『あなたが誰かを殺した』(すべて講談社)の地図制作や、書籍装画、挿絵、企業パンフのイラストを手がける。

薄雲ねず
Nezu Usugumo

鋭い感覚を持つ子供から選ばれ、その後、祭司として国に仕える「石読み」と呼ばれる人々を描く、漫画『石読み』でアフタヌーン四季賞2020年冬 四季賞を受賞。現在、『レーエンデ国物語』のコミカライズ作品を準備中。

孳々
gg

展示活動をしながら、書籍装画やキャラクターデザインなどを手掛ける画家、画材講師。アルコールインクアートとイラストを掛け合わせた独創的な絵をメインに、アナログ・デジタルを問わずさまざまな表現方法を用いる。画集『孳々 ILLUSTRATION & MAKING BOOK』(グラフィック社)。

禅之助
Zennosuke

ファンタジー系の絵を得意とし、書籍の装画、挿絵などを広く手掛ける。辻村深月 著『かがみの孤城』(ポプラ社)や、近作として庵野ゆき 著「水使いの森」シリーズ(創元推理文庫)、富安陽子 著「博物館の少女」シリーズ(偕成社)、阿泉来堂 著「死人の口入れ屋」シリーズ(ポプラ文庫)など装画担当作多数。

Staff

文　岡本敦史
デザイン　瀧谷明美
作図　古屋あきさ
編集　嶋津善之
監修協力　泉友之(講談社文庫出版部)
方山美穂　辻村侑花(講談社 アフタヌーン編集部)

『レーエンデ国物語《こくものがたり》』公式《こうしき》ガイドブック

レーエンデの歩《ある》き方《かた》

2024年5月30日　第1刷発行
2024年6月21日　第2刷発行

原作　多崎 礼《たさきれい》
©Ray Tasaki 2024
編集　講談社《こうだんしゃ》
発行者　森田浩章
発行所　株式会社 講談社
〒112-8001 東京都文京区音羽2-12-21
電話　編集　03-5395-3474
販売　03-5395-3608
業務　03-5395-3615
印刷所 図書印刷株式会社
製本所 大口製本印刷株式会社

ISBN978-4-06-534959-5
N.D.C.913　127p　26cm

KODANSHA

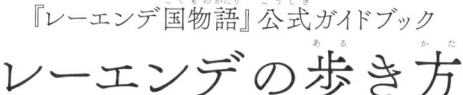